W0415251

RENTRÉE LITTÉRAIRE

ÉRIC NEUHOFF

RENTRÉE LITTÉRAIRE

roman

ALBIN MICHEL

© Éditions Albin Michel, 2022

À Richard Ducousset,
pour qu'il lise enfin un de mes livres.

« Écrire est facile ; il suffit de fixer la feuille blanche devant vous jusqu'à ce que des gouttes de sang perlent sur votre front. »

Gene Fowler

Ils vieillissaient. Paris n'était plus pour eux cette ville miraculeuse où les surprises succédaient aux surprises et où la nuit tombait comme un miracle. Elle avait perdu cet attrait qui les avait tétanisés si longtemps. Elle s'était remplie de traîtrises et de déceptions, de couples qui n'avaient plus rien à se dire. Il leur semblait maintenant chaque soir que le ciel bourdonnait de mélancolie au lieu de vibrer d'excitation. C'était la vie, la vie inimitable, électrique. Paris, putain. Paris. Ils en avaient tout aimé. Tous ces gens. Il y avait eu des morts, des séparations. Certains, on ne savait pas ce qu'ils étaient devenus. Les rêves étaient sales, vides. Ils connaissaient trop de monde. Autour d'eux, c'était la valse des divorces, les cohortes d'avocats. Ils ne savaient plus qui ils devaient continuer à inviter. Pierre se fatiguait plus vite. Claire ne l'accompagnait pas toujours. Que leur était-il arrivé ? Comment n'avaient-ils pas vu passer tout ce temps ? Leur métier les intéressait encore. L'édition était en train de changer. Ils sortaient moins. Quand même, ils avaient accepté ce dîner. Les Calmens servaient les meilleurs bourgognes de Paris.

Ils revenaient à peine de Venise, ultime adieu à l'été, dernière parenthèse avant le début des hostilités. Ils avaient été invités à la Mostra. Leur hôtel était sur les Zattere. Il y avait des moustiques. Ils ne fermaient pas l'œil de la nuit. La lumière entrait par les fenêtres en ogive. C'était une vieille pension, avec des portes battantes et un tas de recoins. Était-ce là qu'on avait tourné *Ne vous retournez pas* ? Ce film avait terrifié Claire. Pierre se souvenait de la scène de baise, au début. Le balcon donnait sur le jardin d'un palazzo à l'abandon. Un eucalyptus se dressait, solitaire, au milieu des mauvaises herbes. L'arbre rappela à Pierre la période où ses parents avaient fumé des cigarettes à l'eucalyptus pour essayer d'arrêter. Aucun résultat, cela allait de soi. Pierre n'avait jamais oublié l'odeur âcre, puissante, tenace. Au petit déjeuner, les croissants cachaient de la confiture en leur milieu. Claire n'aimait pas ça. Elle se confectionnait des tartines de pain brioché.

Là-bas, le programme était simple. Comme d'habitude, Venise était verte et dorée. Le matin, ils sautaient dans un vaporetto pour se rendre au Lido. Ils allaient voir un film en compétition. Ensuite, ils louaient des vélos et pédalaient jusqu'au bout de l'île toute plate, si plate. Le restaurant de la plage ressemblait au décor du *Fanfaron*, avec ses tables en formica, ses paniers à pain en plastique, ses épaisses carafes transparentes. Des milliers de cabines se succédaient sur le littoral. La mer était chaude, peu profonde. Claire sortait de l'eau. Des gouttes brillaient sur son corps. C'était le silence bleu. Elle avait peur des méduses. Le vent les poussait vers le rivage. C'étaient de petites méduses, un peu roses. Leur taille n'empêchait pas leurs morsures d'être désagréables. Des enfants les attrapaient avec des épuisettes. Cela faisait un tas gélatineux sur le sable mouillé. Petit à petit, elles fondaient. C'était nouveau, cet afflux de bestioles. Les uns accusaient le réchauffement climatique. Les autres parlaient des courants. Une dame assez bien conservée se frottait les bras avec du sable, seul moyen efficace de lutter contre la brûlure. Le coup du pipi ne marchait pas. Ils avaient vu ça dans un film espagnol. Claire lisait *Une saison à Hydra* dans son transat. Elle disait :

– Il n'y a pas assez de nuages, ici.

Elle avait une peau vite mate. Est-ce qu'elle avait des ancêtres mohicans ? Pierre avait mal au ventre.

– Là, dit-il en se touchant le plexus.

Ils renoncèrent à envoyer des cartes postales.

– Elles sont toutes horribles, dit Claire devant le présentoir.

Pierre espérait que le marchand de journaux n'avait pas entendu.

Le soir, ils allaient dans un bar qui confectionnait des cocktails de toutes les couleurs et cherchaient des adresses de restaurants. Leur préféré se trouvait au bord d'un canal, à la Giudecca. Sur la terrasse, il y avait un ancien ministre de la Culture, un auteur dramatique, mais pas à la même table.

– Regardez !

Dans le ciel, des milliers d'oiseaux formaient en volant d'étranges et parfaites figures géométriques.

– Pour moi, c'est une des preuves de l'existence de Dieu.

– C'est le gin-tonic, oui.

Pierre n'arrivait pas à se rappeler le nom du cocktail vénitien à base d'orange et de prosecco. Avec de la pêche, c'était du bellini. Mais avec de l'orange ? Il chercha en vain sur internet. Le garçon lui fournit la solution : mimosa. Pierre n'aurait jamais retrouvé ça tout seul.

Au Corte Sconta, ils eurent une place dans le jardin. La patronne alla vérifier s'il restait des crabes mous.

On leur servit un vin blanc du Frioul qui était presque jaune.

Claire voulait s'acheter une maison. Pierre résistait à l'envie de lui prendre la main. Ils visitèrent des endroits. Il fallait monter des escaliers, se baisser sous des poutres, rappeler des agents immobiliers. Est-ce que tout cela était sérieux ? Qu'est-ce qu'ils auraient fait à Venise ?

À l'étranger, Pierre et Claire avaient un principe : jamais de musées. Malgré une exposition d'Elizabeth Peyton au Palazzo Grassi, la règle fut respectée. Éviter la Dogana où des matelas accrochés aux murs se prenaient pour des œuvres d'art ne fut pas au-dessus de leurs forces. Dans une rue proche du palais Guggenheim, Pierre prit en photo une plaque de marbre où était inscrit «*Savor kindness because cruelty is always possible later*». Cela aurait fait une bonne épigraphe de livre. Sur les quais, une droguée leur demanda dix euros, de son élocution pharmaceutique.

Le dernier soir, ils virent un film américain sur Charles Manson. Claire était sûre que cela ne sortirait jamais en France. La suite lui donna raison. Victoire appela sa mère depuis Londres. Pierre l'embrassait. Leur fille téléphonait toujours à n'importe quelle heure. L'averse éclata pendant le dîner. Ils durent rester à table. Claire reprit un décaféiné allongé. Le film qu'ils avaient préféré était en noir et blanc. Il était minuit largement passé. À côté d'eux, un couple ne se parlait pas depuis dix bonnes minutes quand la femme dit à son mari :

– C'est bizarre, la vie. On est là comme deux cons qui se demandent un peu ce qu'ils font là.

– Pourquoi tu dis ça ?

Le pauvre. Dans la ruelle, une fois que la pluie eut cessé, Claire dit à Pierre :

– Promets-moi qu'on ne sera jamais comme ça.

Dans l'avion du retour, ils tombèrent sur un ami de leur fils qui s'était installé dans la Silicon Valley. Rémi commençait à perdre ses cheveux.

– Édouard ne nous avait pas dit qu'ils étaient fâchés ? demanda Claire en bouclant sa ceinture.

– Bain ?

– Bain !

Claire plongeait la première. Des vacances, il y en avait eu. Ils ne les comptaient plus. Claire bronzait tout de suite. En séchant, le sel dessinait des méandres sur ses bras. Pierre ouvrait les yeux sous l'eau. Les formes lui paraissaient floues. Tout était liquide, tremblant, incertain. Il sortit la tête pour reprendre son souffle.

À Capri, ils avaient dormi dans une maison rouge. La villa était perchée au bout d'un cap. Ils n'en bougeaient pas. Claire préférait la chambre aux fenêtres sans barreaux, qui donnait sur la paroi vraiment à pic. Avec eux, il y avait cette fille au nez refait qui avait été quelque chose au *Vanity Fair* américain. Cette Marian donnait le prix de tout. Elle était parfaitement décomplexée par rapport à l'argent. En bateau, elle marcha sur une guêpe. Elle se versa un verre de vin blanc sur le pied pour soulager la douleur. Un des invités s'était cassé le bras dans une chute à scooter. Son plâtre l'empêchait de se baigner. « C'est l'hiver qu'il faut voir Capri », leur avait dit le propriétaire de cette forteresse écarlate aux faux airs de temple maya. On y avait tourné *L'Odyssée*. Un escalier de trente-deux marches menait à la terrasse sur le toit. D'en haut, on entendait la mer. Elle s'étendait à l'infini, se noyait dans une brume de chaleur. Au bord de la piscine, une dame en maillot rouge lisait *Le Livre des morts tibétain*. Les cigales n'en revenaient pas.

À l'intérieur, il n'y avait aucun miroir. Les dîners étaient très simples. Il fallait se servir soi-même dans un plat de spaghettis géant, à la lueur des photophores. Un mulot passa sous la table. Les filles levèrent les jambes en criant. Enzo avait un pantalon vert et un chapeau de paille. Marian mangeait des carottes crues, comme Bugs Bunny. Olga, qui venait là depuis son enfance, s'approcha de l'électrophone, mit un disque. La voix de Lucio Battisti s'éleva dans le noir.

– Ça n'est pas celle-là, dit Claire. C'est la suivante.

– Et Victoire, elle a un jules bien ?

Le fils de leurs amis faisait des tours de magie avec une carte de crédit. La Visa voltigeait autour de lui. Il paraît que c'est l'endroit au monde où la radioactivité est la plus forte. Ils ne ressentirent rien de spécial.

À Syracuse, l'hôtel était un ancien couvent. Il y avait une bible sur la table de nuit. Un soir, Pierre fit rouvrir le bar. Il ne savait pas pourquoi, mais il avait envie de se saouler. Le garçon lui prépara une vodka-tonic en râlant. La vraie nuit venait. Il avala une ample gorgée d'un geste vengeur.

À San Feliu, Édouard et Victoire voulurent louer un pédalo. Les enfants sautaient du ponton. Leur fille se bouchait le nez. Personne dans la crique. On y accédait par un chemin de douane. Un engin mécanique avait ratissé le sable. La tramontane les empêcha de sortir en bateau. Claire avait été odieuse et drôle. Elle se barbouillait le visage avec une crème sophistiquée. Elle refusait de la prêter à Pierre.

– C'est pour les femmes. Si tu en mets, ça va te faire pousser les seins.

À table, elle attrapait avec ses orteils sa serviette tombée par terre. Victoire soupirait, se plaignait :

– Il fait une chaleur de pute !

– Voyons.

Le dimanche, sur la place, des pompiers montraient aux enfants comment se servir d'une lance à incendie. Ils déclenchaient la sirène de leur camion rouge. On se serait cru à New York.

Édouard réserva des billets de train sur internet pour se rendre à l'enterrement d'un camarade de classe. C'était son premier mort.

Pierre enseignait à sa fille comment danser le rock au son de *I Heard it Through the Grapevine*, qui est une chanson très longue mais très lente de ce groupe au nom imprononçable, Creedence Clearwater Revival. Elle avait un petit ami hollandais dont elle faisait grand mystère. Claire n'avait pas réussi à lui faire avouer qui c'était. Elle l'avait bombardée de questions : *rien*. Est-ce qu'il était vieux ? riche ? Était-il marié ? Est-ce qu'il était beau, au moins ? Victoire éclatait de rire, se passait une main dans les cheveux, demandait où on allait dîner. Son frère gardait le secret. Il en pinçait pour une petite Toulousaine qui roulait à mini-vélo. Il lui avait envoyé une lettre enflammée de cinq pages. La cycliste n'avait pas répondu. Édouard n'aimait pas son prénom. Il le trouvait démodé. À l'école, les autres se moquaient de lui, l'interpellaient par son diminutif, Doudou. Il détestait ça. Victoire était très fière du sien. Il lui allait comme un gant. C'était une conquérante. Elle avait toujours été comme ça. Dans son boulot, ça devait être une tueuse.

Pierre préférait oublier cet horrible été en Andalousie où Mathieu, leur ami romancier, les avait accompagnés. À l'époque, il sortait avec une divorcée qui voulait se mêler de tout. Entre eux, cela n'allait pas. Mathieu avait passé plusieurs nuits sur le canapé. Pour réussir à s'endormir, il buvait du Ribera del Duero sur la terrasse, toutes lumières éteintes. Le gros bruit des vagues était supposé le bercer. Un nuage masquait à moitié la lune presque pleine. Les geckos formaient de drôles de décorations sur les murs. Il se disait que Sandra – elle s'appelait Sandra de Quelque Chose – allait quand même le rejoindre. Mais non, elle ne quittait pas la chambre, dormant à poings fermés. À part ça, le silence. Quand il essayait de l'embrasser, elle détournait les lèvres, disant que ça l'empêchait de respirer. Il s'écartait d'elle. Sandra ? C'est toi ? C'est bien toi ?

Il y avait pas mal de vent. Les maisons étaient brunies de poussière. Le crépi s'écaillait. Le jardin était jonché d'aiguilles de pin. Son téléphone à la main, Sandra se plaignait du réseau défectueux. Mathieu avait emporté sa machine à écrire. Il n'y toucha pas.

Un matin, il y eut un orage. Les plombs sautèrent. Claire sortit le Scrabble. Mathieu suggéra de manger les glaces qui étaient au congélateur avant qu'elles n'aient fondu. On avait le choix : fraise, vanille, chocolat. « Beurk », fit Sandra. La pluie avait cessé et un gigantesque soleil d'été lui avait succédé.

Pierre s'était écrasé le pouce en soulevant un canapé et depuis une tache bordeaux s'élargissait sur son ongle. Comment se disait « chafouin » en espagnol ? Ils cherchèrent la traduction sur l'ordinateur. La femme de ménage avait un berger allemand.

– N'allez pas à la pizzeria. C'est le restaurant de mon ex-mari.

– Si on y va, on dira qu'on vient de votre part.

Ils réservèrent dans un autre établissement. Claire tira furtivement sur sa robe en s'asseyant sur le tabouret. Ses genoux brillaient. La carte des vins était épaisse comme l'annuaire des Pages Jaunes. Le blanc avait un vague goût de résine. Le petit rosé titrait quand même 15°. De grosses bougies chassaient les moustiques. Leurs mèches dégageaient des volutes de fumée noire. Les chiens jouaient sur la terrasse. De temps en temps, ils se mettaient à aboyer sans raison. Il y avait des coupelles d'olives aux anchois, des amandes qui laissaient du sel sur les doigts. Le crabe était servi dans des coquilles d'oursin, violettes ou vertes.

– Est-ce qu'ils ont de la manzanilla ?

Réponse : oui. C'était un soir de juillet comme on n'en fait plus. Un moineau vint picorer des miettes sur la table. Mathieu essaya de lui donner un morceau de sardine, mais apparemment cela ne plaisait pas à l'oiseau. La pelouse venait d'être arrosée. Dans un coin, des adolescentes s'étaient agglutinées autour d'un ordinateur comme s'il produisait une source de chaleur. Les chiens se battirent au bord de la piscine devant laquelle étaient alignés trois transats bleu marine. Il y avait une dame dans un fauteuil roulant. Une voiture klaxonna. Le serveur apporta des calamars qui avaient été pêchés le matin même. Il avait des jambes maigres, d'un blanc presque poussiéreux. On aurait dit des gressins qui auraient dépassé la date limite. Claire se leva, arracha la feuille d'un aloès et se passa la sève sur les joues. Un orchestre jouait des tubes des Gipsy Kings. Le manager était un gros Yougoslave à tatouages en tricot de peau qui avait l'air d'avoir enterré huit cadavres dans son jardin. Claire renversa son verre de vin. Sa robe était constellée de taches rouges.

– *Mi dolce vita !*

Le serveur se précipita avec un balai et une serpillière.

– *Que tal, marinero ?* dit une fille brune à sa copine en polo rayé bleu et blanc.

C'était bientôt la pleine lune. Sandra décida de faire un vœu.

– Si on prenait un bain de minuit ? L'eau paraît plus chaude dans le noir. J'ai envie de faire la planche dans une mer d'encre et d'admirer les étoiles.

Le chanteur solo avait enchaîné sur des morceaux des années soixante-dix. Ils parlaient d'une amie d'amis. Claire posa sa main sur la cuisse de Pierre qui était en bermuda. Il sentit le froid de son alliance. Mathieu se saoula. Il tomba deux fois en dansant le rock. Pierre l'entraîna aux toilettes. La lunette des WC ne voulait pas rester levée. Mathieu penchait la tête sous le robinet et se mettait de l'eau partout sur le visage. Le lendemain, il ne se souvenait de rien.

Chez le marchand de journaux, il y avait la queue. Devant lui, Mathieu crut reconnaître Ingrid. Mais non, ce n'était pas elle. Au fond, il n'en était pas si sûr. En tout cas, c'était devenu une très vieille femme. Elle était devant lui dans la file d'attente. Ses ongles de pied vernis rouge. Elle était trop bronzée. « Hola », dit-elle au buraliste. Elle était toujours de dos. Même la voix, il aurait pu jurer qu'il s'agissait de la sienne. Ils étaient sortis ensemble pendant des mois et il n'était pas fichu de dire si c'était elle ou non. Elle se retourna. Finalement, non. Il fut presque déçu.

Sandra l'appela depuis la rue. *Le Journal du dimanche* n'était pas arrivé. Il acheta le *Sunday Times*. Il y avait la critique d'un film australien qu'il avait vu à Paris. Le supermarché s'était agrandi. À côté, le caviste vendait des sushis. Sandra passait ses coups de fil au village. Pendant qu'elle téléphonait, une mante religieuse lui sauta dessus. Elle eut de grands gestes affolés. Mathieu rigola. Le regard qu'elle lui lança.

Sandra avait une drôle de façon de marcher. On avait l'impression que son bassin devançait le reste de son corps. Ses jambes étaient si lisses et brunies qu'elle avait l'air de porter des bas. Elle avait un grain de beauté sur la cuisse gauche, là où la peau devait être infiniment douce. Il y avait tous ces petits détails, ces petits mystères. Au lit, elle parlait à Mathieu le dos tourné. C'était presque comme s'il n'existait pas. Ou alors il s'agissait d'une immense confiance. Les repas se déroulaient dans un silence gênant. Claire tâchait de plaisanter. Ses efforts tombaient à plat. Dans la cuisine, Mathieu s'excusait.

L'horizon tremblait de chaleur. Sur la plage, un gamin cherchait des pièces dans le sable avec un détecteur de métaux. Un voilier blanc rentrait dans le port, au moteur, avec une majesté de cygne. Au large, les mouettes suivaient les derniers chalutiers. C'était l'heure de la douche. Il n'y avait pas assez d'eau pour tout le monde. La désinvolture de Sandra, son naturel exténuant étaient des masques. Elle était indifférente et brutale. Par instants, elle retrouvait son visage d'autrefois. C'était malgré elle. Elle était impitoyablement belle. Elle prenait toute la place. Certains trouvaient que c'était trop. Mathieu croyait bêtement que le désir pouvait revenir. Le dernier jour, un yacht noir s'ancra dans la baie. Un pavillon panaméen claquait à l'arrière. En septembre, ils se séparèrent. « Je suis désolée », tel fut son unique commentaire. Non, ma vieille, t'as pas l'air assez désolée. Elle ne l'appela pas. Il ne lui donna plus signe de vie. Pendant un moment, son absence lui tiendrait chaud comme un souvenir. Par la suite, Mathieu apprit qu'elle n'avait jamais divorcé de son mari. Pourquoi lui avait-elle fait croire ça ? Il n'avait pas eu une seconde l'intention de l'épouser. La vie continuerait, mais sous une autre forme. Pierre et Claire ne retournèrent pas à Agua Amarga.

Il y avait eu cet été où Pierre était resté seul à Paris. Il dînait à la terrasse de ce restaurant chinois boulevard Saint-Germain. Le rosé était dans un seau. Les voitures étaient rares. Il se rappela ce roman de 1960 et quelques qui se passait à Paris au mois d'août. Il observa les passantes, sans trop les dévisager, se demandant si parmi elles apparaîtrait une jeune Anglaise prête à avoir une aventure avec lui. Puis la pensée s'évanouit. De toute façon, aucune des femmes qui avaient marché sur le trottoir n'arrivait à la cheville de Claire. Il ne parvenait jamais à ne plus songer à Claire. Chaque silhouette le ramenait à elle. Bientôt, elle reviendrait de Dordogne et ils iraient ensemble à la feria de Béziers. Pierre ne sortait pas. Tout son temps était consacré au manuscrit de Mathieu.

La première phrase lui avait bien plu : « Je suis revenu boulevard Gambetta où dormait mon enfance. Il est toujours en pente. » Mathieu retraçait ses jeunes années à Cahors. L'idée lui en était venue après une réunion d'anciens élèves. Il était retourné dans la ville où il avait grandi. Il n'était plus chez lui. Il ne reconnaissait rien. Son orgueil l'empêcha de demander son chemin. Les rues étaient partout piétonnes. Des horodateurs avaient poussé sur les trottoirs. Un kebab avait ouvert en face de la cathédrale. Un vin d'honneur fut donné dans la cour du lycée. La beauté de la classe avait eu un AVC. Ses cannes anglaises ne la quittaient pas. Gandillon, ce vieux Gandillon, était au téléphone avec sa femme. Il était devenu avocat. Son visage avait pris de drôles de rides, comme s'il travaillait toutes les nuits dans un casino. Sa peau orangée luisait. Le proviseur était un barbu plus jeune qu'eux. Le prof de gym lui glissa : « Vous nous en avez fait baver. » On exigea de Mathieu un discours. Ils le traitaient de Parisien. Il reprit le train plus tôt que prévu. Pierre n'était jamais allé dans le Lot. Il avait aimé la scène du dépucelage. L'épisode de l'oral au français du bac était tordant. Cela parlait d'un monde enfui, de DS 21, de télévisions en noir et blanc, de films qui sortaient en province avec des mois de retard et en version doublée. Avant d'avoir le permis, Mathieu avait roulé à vélo (demi-course) et en Honda (P 50). Le personnage du père était assez réussi, grande gueule comme on en voyait chez Chabrol. La mère était plus effacée. *Vol plané* lui était dédié. Qui cela allait-il intéresser ? Mathieu commençait à barber tout le monde avec sa nostalgie. L'âge n'était plus un mot inventé pour les autres. Il se répétait. Il n'écrivait que des testaments.

Néanmoins, le livre eut, disons, un succès d'estime et obtint le prix de Monaco. Cela permit à Mathieu de rencontrer la princesse Caroline. Évidemment, il en fit des tonnes.

En août dernier, ils s'étaient offert quelques jours au Cap-Ferret. La maison donnait sur le bassin. Il y avait la plage, et l'horizon. Ils marchaient jusqu'à la pointe, au bout du jardin, et scrutaient les pinasses qui revenaient de balade. Pierre enfila son maillot et rentra le ventre. Il faudrait qu'il coure jusqu'à la mer et plonge tout de suite. Claire, elle, était restée parfaite. Quel était son secret ? Elle mangeait et buvait autant que lui, et rien, pas un gramme. Claire était l'unique, son autre moi. Les années avaient passé et elle n'avait pas regardé d'autres hommes. On ne pouvait pas en dire autant de lui. Il n'avait jamais trompé Claire, mais ne pouvait s'empêcher de se dévisser la tête sur les femmes. Il aurait fallu corriger ça, depuis le temps. Lorsqu'ils étaient ensemble, Claire repérait tout de suite son manège.

– Elle te plaît, hein ?

– Moi ? Je ne l'ai même pas vue.

Son rougissement le trahissait. Claire souriait.

Après le bain, ils mangeaient des cannelés de chez Frédélian. Pierre se forçait un peu. Claire trouvait qu'il y avait trop de 4×4. Et cette manie de mettre un pull sur les épaules. Le vendredi soir, chez Magne, à L'Herbe, ils achetèrent des tonnes de vin, six bouteilles de chaque (rouge, blanc, rosé). La patronne leur fit cadeau d'un magnum de Roederer.

Le lendemain, ils dînèrent avec un ostréiculteur chauve à la cabane Boulan. Il avait l'air d'un ancien colon qui aurait bu trop de rhum. Il s'embarqua dans un long discours sur les millésimes à recommander. Huîtres, bulots, crevettes, pâté, point à la ligne. L'établissement, au bord de l'eau, n'avait pas le droit de servir autre chose. De même, il n'y avait pas de rouge, que du blanc ou du rosé. Inutile de penser à un dessert ou à un café. À vingt-deux heures, tout devait être fermé, les derniers clients évacués. Le soleil du soir terminait sa course sur les toits de tuiles. Ils décortiquaient les crevettes avec les doigts. Pour les bulots, il y avait des aiguilles argentées. On trempait les fruits de mer dans des petits pots de mayonnaise. Les huîtres trônaient sur une montagne de glace pilée. L'été s'en allait. Les enfants les avaient rejoints. Puis Édouard était parti pour la Grèce et Victoire pour l'Italie. Ils ne leur avaient pas posé de questions. Comme on dit : ils ne les avaient pas vus grandir.

Ils sonnèrent.

– Je vous préviens, nous sommes ensemble !

Les invités éclatèrent de rire. Ils étaient bon public. La blague était du réchauffé. Pierre la resservait un soir sur deux. Claire secoua la tête. Elle se mit à rire elle aussi, sans trop savoir pourquoi. Le tintement de ses bracelets annonçait chacun de ses mouvements. C'était le premier dîner de la rentrée. Le boxer des Calmens leur sautait dans les jambes.

– Ça va, le chien ? dit Pierre en lui frottant la nuque.

– Pas le chien. Il a un nom.

Les femmes étaient encore bronzées. Leurs jambes étaient nues. Elles montraient leurs bras. On s'échangeait des adresses, des souvenirs. La maîtresse de maison avait une main froide et osseuse. Les Calmens disposaient d'un cuisinier à demeure. La spécialité de ce chef était un fraisier dont on ne trouvait l'équivalent nulle part, même chez les meilleurs pâtissiers. Pierre et Claire venaient rien que pour ça (et pour le côte-de-nuits). La pièce était inondée par la lumière dorée du lustre. Le chien avait parcouru la totalité de l'appartement. Il avait reniflé dans les coins, bondi sur un canapé. Il courait partout, glissait sur le parquet. Ses griffes émettaient un curieux cliquetis. Il se coucha devant la cheminée et eut l'air de s'endormir.

– Il s'appelle comment ?

– Elle. C'est une chienne. Zelda.

On allait passer à table. Dans le salon, Daphné croyait être le clou du spectacle. Au début, cela agaçait Pierre. La chose avait fini par l'amuser, puis par l'attendrir. Daphné avait enregistré un 45 tours qui avait été un tube, vers 1984-85, avant l'arrivée des CD. Depuis, sa carrière battait de l'aile. Elle avait joué Anaïs Nin dans un théâtre minuscule, à Montparnasse. Claire était persuadée qu'il y avait eu quelque chose entre Pierre et elle. Elle avait tort. Il ne fallait pas compter cette nuit aux Bains Douches où ils étaient rentrés dans le même taxi et où Pierre avait attrapé la main de Daphné. Ça n'était rien. Ça n'avait pas existé. Pauvre, chère Daphné, avec son visage d'avant-guerre. Elle avait perdu la bataille de l'avenir.

Le maître d'hôtel apporta une choucroute. Ce n'était pas un plat de saison. Claire réclama de la moutarde. Daphné prit l'accent allemand. Quelqu'un demanda pourquoi Le Vieux Berlin avait fermé. Ce restaurant avait deux entrées, une avenue George-V, l'autre rue

Pierre-Charron. Un milliardaire turinois décrivait sa rencontre avec son épouse psychanalyste :

– Je l'ai séduite en lui disant : « Je vous préviens, je n'ai pas d'inconscient. »

Un producteur de films complimenta la maîtresse de maison. On disait qu'il avait fait fortune dans le porno et que, dans un monde parfait, c'est lui qui aurait dû être assassiné dans un parking des Champs-Élysées. Une danseuse de vingt ans l'accompagnait. Greta envisageait de se lancer dans une carrière d'actrice.

– Loup dit que j'ai du talent.

Loup rougit, agita les mains comme pour signifier qu'il ne fallait pas faire attention. Les demoiselles défilaient à son bras et dans son lit. Ses vestes de velours rouge ne les rebutaient pas. Il y a des siècles, il avait reçu Pierre et Mathieu dans son bureau pour leur proposer d'adapter une Série noire. L'affaire n'avait pas abouti. Ils n'avaient pas terminé le roman et, quand le producteur leur avait demandé qui était le coupable, ils n'avaient pas su quoi répondre. Dans l'escalier, en repartant, un fou rire les avait saisis. Pierre préféra ne pas évoquer l'épisode. On était à Paris. À l'autre bout de la table, Mathieu lui adressa un clin d'œil.

Au milieu d'un silence, la danseuse déclara qu'elle avait commencé un scénario qui se passait à New York.

– Un truc vachement audacieux, précisa-t-elle. À un moment, un des personnages dit : « Mort aux roof-tops ! »

Le visage du producteur s'affaissa comme la façade d'un immeuble qui implose. La décoratrice lui adressa une moue indulgente. Hubert remplit le verre de Pierre et dit :

– J'en ai un peu assez de toutes ces filles qui étaient plus âgées que nous quand on avait vingt ans et qui maintenant sont plus jeunes que nous.

– À qui pensez-vous ? dit la décoratrice.

– Pas à vous, chère Priscille.

– Priscilla, rectifia-t-elle.

Oh là là, avec elle, on ne savait jamais où on mettait les pieds. Tantôt elle était vénézuélienne, tantôt elle était de Parme.

– Si ça se trouve, elle est née à Cachan, disait Mathieu, qui avait passé une nuit avec elle au cours d'une foire du Livre à Nice.

La maîtresse de maison disait « autrice ». Son argent lui avait permis d'être la mécène d'un nouveau prix littéraire.

Il y avait cette femme très pète-sec qui travaillait dans l'intelligence artificielle. Elle avait une mine austère et il n'était pas question de l'interrompre. Elle avait dans les cinquante ans et venait de se remarier.

– La malheureuse, glissa Claire à l'oreille de Daphné.

L'informaticienne portait un col roulé grenat qu'elle remontait sur son menton en penchant la tête. Elle demanda aux Calmens quel genre d'anxiolytiques ils prenaient. Pierre tordait la bouche derrière sa main en levant les yeux au ciel.

– Est-ce que quelqu'un pourrait faire taire cette conne ? chuchota-t-il à sa voisine qui eut un signe d'assentiment.

Une Belge saoule lâcha soudain :

– Vous ne voulez pas coucher avec mon mari ?

La question ne s'adressait à personne en particulier. Sur son visage, l'alcool avait commencé son œuvre. Les onguents antirides et les glaçons dans le lavabo ne suffisaient plus. Le mari l'attrapa par le bras :

– Viens, on va rentrer.

Elle se laissait faire, en traînant un peu les pieds. Elle avait dû être belle.

C'était un rez-de-chaussée. Mathieu sortit prendre l'air, son verre à la main. La nuit de Paris descendait sur les arbres du jardin. Des bestioles se cognaient contre les lampes allumées avec un bruit sec et affolé. Carmen était de dos. Elle sentit une main sur son épaule.

– Oh, tu es là ?

Elle se tourna complètement, mit les bras autour de son cou.

– Ça te plaît, Buenos Aires ?

– Il y a des restaurants, tu verrais.

Elle eut une petite moue indécise. Elle passait un index sur la balustrade de pierre comme si elle avait pianoté sur un clavier. Mathieu s'imagina qu'elle resterait plus longtemps à Paris à cause de lui. Il se mit à lui parler de Pinochet. Elle l'interrompit :

– Pinochet, c'était au Chili.

Il s'excusa avec un vaste sourire et se dirigea vers une bouteille de vin qui avait été oubliée sur une marche de la terrasse. Il tendit le menton vers elle.

– Tu en veux ?

– Merci, non.

– Tu ne veux rien, toi. Tu ne fumes pas. Tu ne bois plus.

– Eh non !

Il scruta l'éclat de ses dents qui brillaient dans l'obscurité. Il aperçut son alliance à la main gauche. Elle vit qu'il avait remarqué.

– Ne me dis rien.

Elle disparut. Il n'avait pas eu le temps de lui demander avec qui elle s'était mariée. Quand il revint dans le salon, Claire et Pierre n'étaient plus là.

– Pffou, ça n'en finissait pas.

Claire ôta ses boucles d'oreilles et les déposa dans une coupelle sur la table de nuit qui contenait une boîte de boules Quies.

Pierre dormait déjà à moitié. Allongé sous les draps, il espionnait sa femme. Claire passa les bras dans son dos pour défaire son soutien-gorge. Pierre avait toujours aimé ce geste. Il ne se lassait pas d'admirer les gestes de Claire.

– Arrête de me regarder comme ça !

Elle retira son épingle à cheveux et ils lui tombèrent sur les épaules, puis elle laissa glisser sa robe à ses pieds, agita les jambes pour la repousser.

Le lendemain matin, il se leva beaucoup plus tôt que d'habitude. Un importun lui avait donné rendez-vous au Flore pour le petit déjeuner. On n'avait pas idée. Impossible de refuser : c'était l'émissaire de Danzias et Danzias dirigeait un groupe coté en Bourse. Il avait fait fortune dans les tabacs. Ou dans le caoutchouc. Il aimait bien les éditions des Épées, collectionnait toutes leurs parutions.

Au premier étage du Flore, il n'y avait que des filles toutes plus ou moins attachées de presse.

Le taxi était en bas. Pierre frappa à la porte de la salle de bains. Claire dit qu'elle était prête. Il la félicita pour sa tenue : une robe à rayures qui la faisait ressembler à une tranche napolitaine. Elle était allée l'après-midi chez le coiffeur. Son chignon la rajeunissait. Il arriverait un moment où elle ne pourrait plus se permettre d'avoir les cheveux aussi longs. Ses boucles d'oreilles argentées étaient un cadeau d'anniversaire. Pour une fois, Pierre ne s'était pas trompé. La plupart du temps, elle courait changer ses cadeaux dans la boutique le lendemain.

Pierre ne lui en voulait pas. C'était un jeu entre eux. Lui, il gardait tout ce qu'elle lui avait offert.

Ces soirées. Il y en avait trop. La Mercedes noire était garée en double file. Claire monta la première. Elle tenait un bouquet de fleurs dans ses bras. Pierre s'était chargé du champagne. Ils indiquèrent au chauffeur une adresse dans le XVIe. Claire détestait quitter la rive gauche. Elle appelait Neuilly les DOM-TOM. Ils allaient encore dîner chez des gens riches. C'était la seule excuse pour habiter la rue de la Faisanderie.

Il y avait une grande cour, des immeubles de brique comme dans *Une journée particulière*. L'ascenseur était en panne. Pierre arriva tout essoufflé au quatrième. Claire était plus pimpante. Ils entendirent un brouhaha. La porte des Saint-Maxence s'ouvrit et ce fut une explosion de musique et de lumière.

– Quelle élégance ! dit Sophie.

Elle parlait du manteau de Claire. Le compliment ne pouvait pas s'adresser à Pierre avec son vieil imperméable réversible. Le vêtement avait appartenu à son père. Cela faisait partie des choses que Pierre n'avait pas jetées après la mort de celui-ci.

À table, les bouteilles se succédèrent. Un dessinateur avait apporté la cuvée qu'il produisait dans le Languedoc. L'acné donnait à son visage l'aspect d'une pizza trop cuite. Il avait réalisé lui-même l'étiquette. Dessus, on voyait une sorte d'ange.

– Comment est le vin ?

– Bien frais.

– C'est tout ?

Pierre jouait les sommeliers. Il ne supportait pas que les verres restent vides. S'ils continuaient à boire comme ça, il allait se mettre à raconter des anecdotes personnelles déplacées. Sa voisine tâchait de savoir comment Claire et lui s'étaient rencontrés.

– Ça remonte au temps du muet, commença-t-il.

Elle parlait trop doucement. Il n'entendait rien. Elle tint à lui donner son numéro de téléphone. Il savait qu'il ne l'utiliserait jamais. Il avait remarqué qu'elle avait une alliance. Pas une fois elle n'avait évoqué son mari. Encore une de ces femmes qui se croyaient irrésistibles. Avec le temps, elles auraient dû baisser leurs tarifs.

– Qu'est ce que vous faites quand un homme ne veut pas de vous ?

– Je ne sais pas. Ça ne m'est jamais arrivé.

Elle lui expliquait qu'elle retapait des chambres de bonne dans le Marais. Il eut beau lui assurer qu'il n'était pas architecte, elle ne voulait rien entendre. Il ne se voyait pas en train de la baiser au milieu des gravats. Il aurait fallu enlever la poussière sur leurs habits. Il se mit à imaginer des ouvriers polonais travaillant au noir. Elle tenait à lui montrer ses chantiers. Elle insistait pour avoir son avis. Il avait frôlé l'infidélité. Il était assez fier de lui. Pierre, l'époux loyal.

– Je suis le plus mauvais coup de la rive gauche.

– Ah bon ? fit-elle avec dans la voix toute la compassion de l'infirmière prête à guérir un enfant malade.

Le dessert était un feuilleté à la rhubarbe. Les invités se levèrent dans un bruit de chaises. André se dirigea vers Pierre et lui demanda pourquoi il ne recevait pas les livres des Épées. C'était un gauchiste à la retraite. Il tenait désormais un blog. Pierre évita de lui dire ce qu'il en pensait. Il secoua la main en un geste qu'on pouvait interpréter comme on voulait. Claire arrêta le maître de maison :

– Dis donc, toi, pourquoi tu ne m'as jamais draguée ?

– Moi ?

– Encore heureux ! dit Pierre.

En rentrant, il embrassa Claire dans le cou avec un gros bruit de trompette.

– Chatouilles, fit-elle en se débattant.

Ils firent l'amour.

– Qui était cette conne à côté de toi ? dit-elle avant de s'endormir.

– Tu as un déjeuner ?

– Oui, mais je ne sais plus avec qui.

Tous ces restaurants. Il s'étonnait parfois de ne pas avoir grossi davantage après une vie passée à table. Il avait beaucoup trop de souvenirs de bouffe. Il n'était pas le seul, dans leur milieu. L'édition avait en permanence des couverts à la main. Les notes de frais étaient là pour ça. C'était un des avantages de la profession.

Claire avait gardé une allure de jeune fille. C'était injuste. Elle ne pratiquait aucun sport. Elle ne faisait absolument pas attention à ce qu'elle mangeait. Elle n'avait qu'un an de moins que lui. Il l'embrassa sur le front. Sa peau sentait le gel de bain. Il enfila sa veste en velours avant de choisir une cravate en tricot tirant sur le bordeaux. Claire ouvrait ses placards. Elle dit :

– Robe ou pantalon ?

Il préférait les robes. Claire avait des jambes. Il aurait été idiot de ne pas les montrer. C'était une des choses qui l'avaient frappé lorsqu'ils s'étaient rencontrés. Très peu de filles ont de jolies jambes. Les pauvres, elles ne peuvent rien y faire. Claire vérifia son nœud de cravate et elle lui dit d'y aller.

Il ne pleuvait pas. Pierre alla au bureau à pied. Le trajet était agréable. Malgré le soleil matinal, les lampadaires de la rue Vaneau n'étaient toujours pas éteints. Il remontait la rue de Babylone, passait devant Le Bon Marché, descendait la rue de Sèvres, obliquait vers la rue Madame. C'était là, avant le croisement avec la rue de Vaugirard. Les éditions des Épées occupaient un rez-de-chaussée sur une cour plantée de deux arbres. Pierre n'avait jamais su quelle espèce c'était. L'été, cela donnait de l'ombre. Du coup, Pierre dépliait des chaises longues sur les pavés disjoints. Il y avait trois pièces en enfilade. Le bureau de Pierre était au fond. Il lui arrivait de passer par la fenêtre. Il y avait même une cheminée. Des manuscrits s'entassaient sur le radiateur. Au milieu, Bénédicte régnait sur le téléphone et les ordinateurs. On entrait par ce qui ressemblait à une bibliothèque. Tous les titres de la maison grimpaient jusqu'au plafond. Bientôt, on ne saurait plus où les ranger. Beaucoup d'entre eux étaient épuisés. Les nouveautés s'étalaient sur un tourniquet en bois. Plus de six cents romans sortaient en août-septembre. Pierre n'en avait publié que trois. La Fnac en avait sélectionné un dans ses choix. Comment annoncer ça aux deux autres auteurs ? Mathieu s'en moquerait, mais l'autre ?

Il feuilleta les quotidiens. La revue de presse était rapide : *Le Figaro* et *Les Échos*. Claire, toujours snob, se jetait sur *Le Parisien*. Personne n'ouvrait *Libération*. Il se souvint du temps où Bernard Frank avait une chronique dans *Le Matin*. *Le Quotidien de Paris* existait encore. *France-Soir* était toujours installé rue Réaumur.

Tout cela s'était cassé la gueule et tout le monde s'en était foutu. Les Épées avaient démarré trop tard pour connaître l'excitation causée les vendredis soir par *Apostrophes* de Bernard Pivot. Chaque semaine, les libraires faisaient des piles avec les livres au programme. Pierre ne regardait plus les émissions littéraires. Pourquoi ce pluriel ? Bénédicte lui apporta un café.

– Votre sirop, dit-elle.

Il avait la manie de mettre deux sucres dans sa tasse.

Au mur, était accroché un portrait de Maurice Sachs. Une affiche reproduisait la couverture originale de *The Bell Jar*. À côté, une toile de Yoko Ueta illustrait une scène de *Diamants sur canapé*, la Cinquième Avenue à l'aube.

Chaque fois qu'ils avaient été à New York, il avait offert à Claire un cœur en argent de chez Tiffany. Elle en portait un au poignet.

Il soupira, bascula dans son fauteuil en s'étirant. Pour les prix, c'était plié. Valentré, c'était sûr, aurait le Goncourt. Chaque année, l'histoire recommençait. Un favori se dessinait aux alentours du 15 août. En général, il avait droit à la une des *Inrocks*. Un mois plus tard, on n'en parlait plus. Des tas de noms lui venaient à l'esprit. Surtout, que Mathieu ne s'emballe pas : ses *Kamikazes* n'avaient aucune chance.

Claire étalait de la crème sur son visage. Elle faisait ça avec une patience de paysan andalou. Son peignoir découvrait la moitié de son sein gauche. Elle pinçait les lèvres, levait les yeux, avait de drôles de mimiques. Une de ses joues était luisante et blanche. Elle regarda Pierre dans le miroir et continua à s'enduire de gras. Elle se massa le front. La crème lui dessinait un masque. Maintenant, elle se recoiffait à vigoureux coups de brosse. Sa tête penchait d'un côté, puis de l'autre. Les cheveux tombaient en cascade. Un été, elle les avait coupés. Ça ne lui allait pas du tout. Elle ressemblait à un oiseau mazouté. La brosse faisait un doux bruit en glissant dans la blondeur. Les journaux étaient étalés sur le carrelage. Elle avait dû lire dans son bain.

Pierre lui tapota une fesse avant de retourner au salon.

– Oh !

Elle fit semblant d'être choquée. Cette main aux fesses appartenait à leurs rituels.

Elle se maquillait, assise sur le siège des toilettes, sa cigarette posée sur le rebord du lavabo, son verre à côté. Ses colliers pendaient à des crochets. Il y en avait un en forme de tête de mort. Cela datait de ce voyage au Mexique où Pierre s'était fait voler son portefeuille dès leur arrivée à l'aéroport.

Pierre remontait la rue du Dragon. Il avait passé la matinée chez lui. À côté d'une boutique de mode, le vieil électricien était toujours là, avec sa vitrine remplie d'ampoules en tout genre. Un groupe fumait devant un magasin de chaussures. Une odeur de croissants s'échappait de la boulangerie, sur la droite. Le restaurant où il allait avec un académicien n'existait plus. L'endroit était tenu par une mère et sa fille. Les deux étaient habillées pareil, jupe de tweed et col roulé. La carte avait quelque chose de très provincial, dans le bon sens du terme – œufs en meurette, quenelles, clafoutis. On se serait cru à Limoges ou à Châteauroux, mais qu'est-ce qu'on serait allé faire à Châteauroux ou à Limoges ? Dans ses costumes sur mesure de Savile Row, l'académicien ressemblait au major Thompson, avec sa moustache en guidon de vélo. Qui savait encore qui était le héros de Pierre Daninos ? Daninos, Paul Guth, Jean-Louis Curtis, tous ces noms qui ne disaient plus rien à personne. L'académicien avait promis à Pierre de l'emmener au Garrick Club de Londres dont il était membre. L'octogénaire mourut avant que la chose puisse avoir lieu. Sa femme, qui était plus jeune, était partie avant lui, ce qu'il trouvait injuste. Un matin de janvier, Pierre était tombé sur elle au téléphone. Il lui avait souhaité une bonne année.

– Rassurez-vous : c'est la dernière.

Elle ne mentait pas. Pierre n'avait jamais osé raconter ça à l'académicien. Il avait publié aux Épées un de ses récits où il saluait la mémoire d'un de ses amis fusillé à la Libération. Le livre n'avait pas marché. Ils n'en avaient plus reparlé. Tiburce, voilà, leur restaurant s'appelait Tiburce. Et maintenant le Tiburce avait été remplacé par une chocolaterie et l'académicien avait eu sa messe d'enterrement à Sainte-Clotilde. Le feu allait passer au vert. Pierre se dépêcha de traverser. Un cycliste l'insulta. C'était Paris.

Il poussa la porte du Perron. Cet italien était le fief de Grasset. Pierre vérifia s'il n'y avait pas trop de concurrents. Le patron l'emmena à la table sur la mezzanine. Pierre commença à dévorer des gressins. Chez les Italiens, son menu ne variait pas : vitello tonnato et pâtes du jour. Va pour les penne all'arrabbiata. Pauline arriva avec cinq minutes de retard. Pour elle, ça n'était rien. Ç'avait été une belle fille. Elle avait un peu grossi. Elle enleva son manteau à carreaux, le roula en boule sur la banquette, se laissa tomber sans légèreté aucune et embrassa Pierre sur les deux joues. Son parfum était à la fleur d'oranger.

– Je meurs de soif, dit-elle en dépliant sa serviette.

Elle revenait de Sicile. Son visage était tout gonflé. Elle s'était fait piquer par une scolopendre. Au début, elle avait cru qu'il s'agissait d'une vipère. Comme elle avait grandi en Afrique, elle ne s'était pas affolée. Le médecin local avait été plus énergique : il lui avait prescrit de la cortisone. Elle portait une robe en toile verte.

– Très joli, ton parachute.

Il regarda ses jambes. Elle était tellement bronzée que ses genoux en étaient presque lumineux. Pauline avait longtemps été journaliste. Maintenant, elle appartenait à un jury prestigieux, un de ceux qui faisaient vendre. Ses articles étaient vifs, malins. Pierre l'avait tannée pour qu'elle écrive un roman : elle avait refusé. Elle n'avait pas voulu non plus qu'il édite un recueil de ses papiers. Cette sagesse lui permettait de dire pis que pendre de ses confrères. Elle n'épargnait surtout pas les femmes. Pauline prétendait dormir quatre heures par nuit et posséder un palais à Venise : elle faisait des siestes quotidiennes et avait un amant sicilien qu'elle avait surnommé Le Guépard.

– Ça vient, cet orvieto ? dit-elle au garçon qui prenait la commande.

– Que nous conseillez-vous ? dit Pierre.

Elle goûta le vin blanc, fit signe que ça allait. Le serveur tourna les talons, les cartes plastifiées sous le bras. Elle mordait dans la focaccia, gobait les olives vertes qui brillaient comme si on les avait enduites de vernis. Paris était rempli de filles soudain devenues végétariennes. Ça, Pauline n'en faisait pas partie.

Il reposa sa fourchette et dit :

– Tu peux faire quelque chose pour moi ?

– Bien sûr, répondit-elle sans réfléchir.

Tout de suite après, elle se demanda si ce n'était pas une erreur.

– J'espère que tu ne vas pas me bassiner avec ton Mathieu et ses *Kamikazes*, hein.

– Nous n'en sommes plus là, si ?

Ils n'avaient jamais couché ensemble, mais ils entretenaient depuis le début une sorte de flirt avancé. La chose ne se produirait jamais. C'était mieux ainsi. Ils se connaissaient trop. Elle avait sûrement perdu son pucelage avec un étudiant de HEC dans les années 80. Il l'imagina avec un serre-tête en velours. Pauline assurait qu'elle n'avait pas réussi à rencontrer l'homme de sa vie. Elle avait arrêté de fumer. Elle avait un piercing à l'oreille gauche. Heureusement, ses cheveux blonds cachaient son anneau doré de pirate. Il n'avait jamais su si elle se les teignait. Pauline était vraiment très blonde.

– Et la Sicile ?

– Oh, Lucio…

Elle lui demanda quand il se déciderait à quitter Claire. C'était un gimmick, entre eux.

– Ça, ma vieille…

Elle mit des glaçons dans son verre. Ils parlèrent d'un film sur un couturier anglais avec Daniel Day-Lewis, de la vodka qu'avait lancée un ancien attaché de presse reconverti dans la limonade, des imperméables Burberry qui n'étaient plus ce qu'ils étaient, des femmes qui pleuraient dans les restaurants et des Solex qu'on ne voyait plus nulle part.

– J'en ai eu un, tu te souviens ? Je l'ai revendu quand il a fallu mettre un casque. Tu ne bois rien, dis ?

Pierre finit son eau gazeuse. Il était au régime. Cela lui arrivait une fois par an. Ces résolutions ne duraient pas. Il évitait les desserts et le pain, ne touchait pas à son verre de vin. Bref, il devenait chiant.

– Qu'est-ce que tu veux ?

Il ne répondit pas. Ce qu'il voulait vraiment, c'était avoir à nouveau vingt-cinq ans. Il ne pouvait dire ça à personne. Ils en avaient fait, des conneries.

Pauline laissa la moitié de ses lasagnes. Pierre rajouta du poivre sur ses penne. Pas de tiramisu. Deux cafés, et Pierre empocha l'addition.

– Allez, tu sais bien, je vais voter pour ton bouquin. Ne me remercie pas : je ne l'ai pas lu.

Sur le trottoir, elle lui ébouriffa les cheveux.

– Tu pourrais devenir chauve, au moins. Je connais des chauves très sexy.

À l'angle de la rue, il y avait un hôtel.

– Quand est-ce qu'on ira ? lui dit Pauline en désignant l'entrée.

Dans la rue, elle avançait vite, de son pas de grenadier. Puis elle arrêta un taxi qui était bloqué au carrefour. Avant de monter dedans, elle se tourna vers lui :

– Je pourrais passer te voir, un jour ?

Elle avait laissé une seconde avant de prononcer « un jour ». Elle le suivit des yeux parmi les passants jusqu'à ce qu'elle ne puisse plus distinguer sa silhouette.

Durant le déjeuner, il avait regardé les mains de Pauline. Elle avait de longs doigts. Elle devait savoir recoudre un bouton, jouer du piano, effleurer une joue. Oh là, doucement. Pierre se demanda ce que ça ferait de coucher avec une autre fille que Claire. Naturellement, Claire ne pouvait pas supporter Pauline.

Il retourna à pied aux éditions. Il serait bien allé au cinéma. Il aimait les séances de l'après-midi à Montparnasse. Il n'y avait presque personne dans la salle. Que faisaient les gens qui étaient là ? Quel était leur métier ? Lui, il n'avait pas d'horaires. Il avait ce manuscrit à lire. L'agent de l'auteur attendait une réponse rapide. Ces agents ! Ils faisaient monter les enchères. À une foire de Francfort, un de ses confrères américains lui avait dit à propos des agents : « *They want to screw you against the wall.* » Le phénomène s'était répandu en France. Ce crétin de Mathieu plaisantait souvent en le menaçant d'en prendre un. Il aurait fait beau voir.

Place Saint-Sulpice, il s'arrêta au kiosque pour acheter *Le Monde*, vieille habitude dont il n'arrivait pas à se débarrasser. Ce journal sortait de plus en plus tôt. Quotidien du soir, tu parles. On pouvait le trouver avant d'aller déjeuner. Le papier dans le supplément Livres n'était pas sorti. Mathieu allait en faire une maladie. Le journaliste avait pourtant promis à Pierre que ça serait pour cette semaine. Bon, il aurait demain une notule dans *Le Point*.

Près de la fontaine, une clocharde distribuait des graines aux pigeons. Une colonne de gardes républicains remontait au pas la rue du Vieux-Colombier, laissant derrière eux leur sillage de crottin. De grands traits d'ombre envahirent le ciel. Il effectua un détour par le Luxembourg. Le jardin lui évoquait toujours un dessin de Sempé, avec ses enfants qui criaient, ses joggeurs en nage, ses bateaux immobilisés au milieu du bassin.

Bénédicte lui dit que la banque avait appelé. Haussement d'épaules. Il se rappela qu'elle avait eu une grippe.

– Bonjour, ça va mieux ?

– Pardon ?

– Votre santé.

– Ah oui, beaucoup mieux, merci. Il faut les rappeler.

– Qui ça ?

– Le banquier.

– Oh, celui-là !

Il balaya le problème. Soudain, son humeur était exécrable. Cette histoire de vente l'assommait. Il n'était même pas certain qu'il s'agissait d'une bonne idée. Qu'est-ce qu'ils étaient censés faire des auteurs ? Claire était partisane de les prévenir. Des rumeurs couraient. Ils ne pouvaient pas ne pas leur en parler.

– Les auteurs, soupira-t-il pour lui-même.

Un tas d'entre eux allaient rester sur le carreau.

Claire l'attendait dans son bureau.

– Qu'est-ce que tu lis ?

– Les souvenirs d'un Marocain impuissant.

– C'est bien ?

– Nul !

Elle reposa le manuscrit qui s'intitulait *L'Étendue du désastre*. Ils le refuseraient, en envoyant une de ces lettres polies que les destinataires ne savaient pas lire entre les lignes. Quand un éditeur évoquait son intérêt, mais ajoutait que le livre n'entrait pas dans le cadre de ses collections, cela voulait dire que le texte n'en avait aucun, d'intérêt. Parfois, il aurait mieux valu répondre : Vos pages sont de la merde. Brûlez-moi tout ça.

– Tu as déjeuné avec cette fille, avoue !

Comment avait-elle deviné ? Il ne mentit pas.

– Elle te plaît. Je suis sûre qu'elle te plaît.

Elle le connaissait par cœur.

– Invite-la à dîner. J'aimerais bien la revoir.

– C'est du travail. Pas le soir.

Elle lui bourra les côtes de coups de poings. Il reculait, se protégeait le buste.

– Arrête, dit-il en rigolant.

– Dis donc, Mathieu a téléphoné.

– Qu'est-ce qu'il voulait ?

– Il ne l'a pas dit. Il te rappellera.

– Il sera là, ce soir ?

Claire gonfla les joues et fit un gros bruit d'enfant. Elle ne savait pas.

Soyons franc. Mathieu avait été amoureux deux ou trois fois dans sa vie. Vraiment amoureux, entendons-nous. Il ne l'aurait avoué à personne. Il y avait eu cette grande bringue rousse qu'il avait obligée à avorter et après, ça n'avait plus jamais été ça. Il ne lui avait jamais dit que, pendant qu'elle était à l'hôpital, il avait passé la nuit chez Castel. En rentrant chez lui, au petit matin, il avait essayé de la joindre, mais la standardiste lui avait signalé qu'il était trop tôt pour parler aux patients. Heureusement : il aurait bafouillé dans le combiné. Il s'était endormi tout habillé. En fin d'après-midi, il était allé la chercher à Saint-Vincent-de-Paul. Ils s'étaient arrêtés à La Closerie des Lilas : il avait avalé un tartare. Elle, il ne se souvenait plus. Elle devait manquer d'appétit. Elle parlait de Jung, revenait du Kenya, roulait dans une Volkswagen décapotable immatriculée à Rome. Il n'avait jamais bien compris à qui appartenait cette voiture. Beaucoup de choses étaient incompréhensibles chez Iris. En Grèce, dans cette île en face de la Turquie, elle s'était saoulée (ouzo) pour la première fois de sa vie. Elle avait promis de ne plus recommencer. Elle tint parole. Elle déménageait souvent, n'habitait que des rez-de-chaussée ou des sixième étage. Elle avait dû divorcer des centaines de fois.

Il y avait eu aussi Mélanie, qui dansait le tango et connaissait par cœur les poèmes de Paul-Jean Toulet. Mathieu l'avait surnommée « mon amie Nane ». Elle avait fini par épouser un dentiste. Ne parlons pas de celle qui était restée avec lui toute une saison des prix et qui l'avait quitté pour vivre avec une femme. Elle ressemblait à une monitrice d'auto-école.

Autre chose. Mathieu avait eu une liaison – liaison ? deux semaines – avec une vieille héritière qui connaissait la mère de Claire. Ça avait fait toute une histoire. La sexagénaire avait menacé de se suicider. Bilan : un lavage d'estomac.

Mais Iris. Iris et ses voyages en Suède, ses séjours au Portugal, Iris qui disparaissait sans prévenir et qui vous téléphonait un matin comme si vous vous étiez quittés la veille et vous demandait si vous étiez libre pour dîner. Il disait toujours oui. Quel idiot ! Dès qu'il entendait sa voix, il sautait dans un taxi. Ils réservaient dans des restaurants perdus, cette adresse derrière la Nation, dans une sorte d'impasse, où l'on servait un pot-au-feu à l'ancienne. Quand ils étaient sortis, ils avaient trouvé un PV sur le pare-brise. Iris l'avait déchiré. Il n'en revenait pas de sa présence. Il ne se lassait pas de son visage. Une fois il lui avait dit qu'elle avait une crinière de lionne. Elle lui fit remarquer que les lionnes n'avaient pas de crinière. Il n'avait jamais pensé à ça. Il avait même dû utiliser la formule dans un de ses livres. Ces nuls de correcteurs n'avaient pas moufté. Elle ne lui avait rien promis. Elle mentait souvent. Elle faisait ça bien. Il ne posait pas de questions, de peur d'avoir les réponses qu'il ne souhaitait pas entendre. Et puis elle était tombée enceinte d'un autre que lui et il n'avait plus répondu à ses appels. Avec elle, oui, Mathieu aurait accepté d'être papa. Ça lui aurait plu, au fond, avec elle. Il avait déconné. Iris, merde. C'était quelque chose.

Et Ingrid. Oui, Ingrid. Passons.

Mathieu ne s'était jamais marié. C'était une des rares erreurs qu'il n'avait pas commises dans sa vie. Il en tirait une robuste fierté. Il avait failli, pourtant. Cette manie qu'il avait eue, longtemps, de proposer aux filles de les emmener à Saint-Tropez ou en Tanzanie pour leur faire un enfant. Un fils, précisait-il. Inutile de dire qu'elles partaient en courant. Alors il oublia le fils. Ensuite, l'Afrique ne fut plus au programme. Enfin, Deauville remplaça la Côte d'Azur. Il s'adaptait.

Il n'empêchait pas les autres de convoler. Il acceptait parfois d'être leur témoin (exemple : Pierre), mais l'église, la mairie, il avait tiré un trait sur tout ça.

Comme raison de vivre, les livres lui suffisaient, les siens et ceux des autres. Y avait-il quelque chose de mieux ? Sinon, l'alcool était fait pour raccourcir les soirées.

L'automne était là. Paris battait son plein. La rentrée ressemblait aux précédentes. Ils ne savaient plus où donner de la tête.

C'est fou ce qu'on était mal assis dans ces fauteuils. Mathieu avait mal aux fesses. Quelle idée d'avoir accepté cette émission. À cinquante ans passés, l'animateur s'était fait tatouer les mains et la moitié du cou. Sa barbe avait poussé. Le gendre idéal s'était déguisé en cuisinier de la rue Oberkampf. Il s'écoutait toujours autant parler. Mathieu n'avait pas lu le livre de sa voisine. *La Passion des nuages* : ce mauvais titre. C'était l'histoire de deux amies dont l'une avait été violée par le père de l'autre. Il avait l'air de quoi, lui, avec son séjour au Japon où le narrateur flirtait avec la femme d'un ambassadeur ? Il espéra que le speaker ne lui poserait pas trop de questions. Aucun danger : le barbu se contenta de lui demander si c'était lui, le héros. Sa voisine hochait la tête. Le mot « hétéronarrativité » flotta dans le studio. Mathieu n'écoutait plus. Il pensait aux cerisiers en fleur et aux litres de saké qu'avaient exigés ses recherches. Dans le public, Pierre levait les yeux au ciel. Le présentateur restait debout, ses fiches à la main. En plus, il avait un prompteur.

– Où est-ce que vous vous sentez chez vous ?

– Dans une bibliothèque, dit la romancière.

Lui aurait répondu : Au restaurant.

Après l'enregistrement, Pierre le rejoignit dans sa loge.

– Tout ça me donne envie de relire Geneviève Dormann.

Le lendemain, personne ne le félicita pour sa prestation. Hypothèse un : il avait été navrant. Hypothèse deux : ils ne l'avaient pas regardé.

– Pense aux libraires, lui avait dit Pierre.

Ah ça, bravo.

Quel con. Non mais, quel con. Danzias. Claude Danzias. PDG de Carthago. Le siège était à La Défense. Des filiales dans le monde entier. Le groupe était spécialisé dans le luxe, les grands crus, la presse. Le patron rêvait de se lancer dans l'édition. Danzias rachetait à tour de bras. Pierre traversa une série de pièces vides. Son bureau dominait la Seine. La pièce était gigantesque. Un buffet avait été dressé, avec des cafetières, des carafes de jus d'orange, des viennoiseries. Un extra était planté dans un angle. Danzias avait une cravate rouge, une chemise bleu ciel à col blanc, une grosse montre de gynécologue pied-noir et des chaussures en cuir tressé comme les vieux qui ont mal aux pieds. C'était une des plus grosses fortunes de France. Jet privé, villas à droite et à gauche, parties de chasse en Sologne. Des vignobles. On parlait de lui dans les journaux, surtout les siens. Pierre ne comprenait pas ce qu'il voulait au juste. Les compliments pleuvaient.

– C'est très bien, Les Épées. Si, si, je vous assure, c'est très bien. Tout cela grâce à vous. Évidemment, sans vous…

Pierre, dans le fauteuil d'en face, fit une petite moue. Pierre, le modeste.

– Écoutez-moi. C'est très bien, mais vous n'êtes pas les premiers. Il faut toujours être le premier. En tout. Avec moi, vous serez les premiers. Ne dites rien, je connais vos problèmes. Moi, je suis la solution.

Pierre n'avait pas prononcé un mot. Il avait suivi les conseils de Claire : il s'était contenté d'écouter. Il avait envie de bâiller.

– Vous fumez ?

Pierre secoua la tête.

– J'ai arrêté. Trois paquets par jour. C'était trop.

Danzias le raccompagna jusqu'à la réception. Pas une fois il n'avait cité un auteur de la maison. Une assistante lui commanda un taxi. C'était une grande bringue brune dont les jambes mesuraient des kilomètres et qui avait une voix un peu irréelle, comme celles qu'on entend dans les aéroports. Elle avait été Miss Poitou-Charentes en 2009, Pierre apprit ça ensuite sur Google. Un étrange sentiment de lassitude l'envahit. Qu'aurait pensé son père ?

– Réfléchissez, dit Danzias avant de tourner les talons.

Il allait réfléchir. Ça, il allait le faire.

Ce type était vraiment un con. Comment en était-on arrivé là ? Quelle idée poussait Danzias à loucher sur une petite boîte comme celle de Pierre ? Dans le taxi qui fonçait sur les berges, Pierre appela Claire. Il lui raconta.

– Je ne sais pas pourquoi il m'a demandé de venir.

– Lui, si, répondit-elle.

Elle était plus lucide que lui. Il aurait presque été flatté d'avoir été reçu par ce richissime s'il ne s'était pas autant ennuyé. Si au moins l'opulent l'avait invité en week-end, lui avait proposé une bouteille de bordeaux classé. Mais non, rien. Les Épées étaient dans le rouge. Ça n'était pas une raison pour laisser ce mégalomane poser ses grosses pattes dessus. Dans son bureau, il n'y avait aucun livre. Derrière lui, les étagères étaient garnies de trophées sportifs, de photos de lui avec des présidents, un magnum de champagne d'une marque qui lui appartenait. Hé, mon vieux, tu sais que tu fais fortune grâce aux rappeurs ?

Pierre ne lisait plus autant, mais cette occupation avait été pour lui un refuge, son oxygène. Claire était pareille. Quand elle était en pension à Mortefontaine, elle grimpait dans les arbres du parc et lisait des après-midi entiers, perchée sur une branche. Les bonnes sœurs la cherchaient partout. Dans le dortoir, elle se cachait sous les draps avec une lampe de poche pour terminer un Jane Austen. Ils avaient ça en commun. Personne ne pourrait jamais le leur enlever. Pierre se demanda quel serait le dernier livre qu'il lirait dans sa vie.

Le taxi fut bloqué à hauteur de l'Alma, comme toujours. Les voitures avançaient péniblement sur une file. Pierre décida de rentrer directement chez lui. Ce qui l'inquiétait le plus était le fait que ce gars-là avait des gardes du corps. Danzias était constamment suivi, entouré, précédé.

Les choses étaient simples. Aux Épées, on ne lisait pas les manuscrits envoyés par mail. C'était une maison démodée. On n'adressait pas de services de presse aux blogueurs. Il n'y avait pas de compte tweeter. On ignorait les réseaux sociaux. Pas d'édition numérique. Un seul critère : le plaisir. Pas de comité de lecture. Des couvertures noires vernies qu'appréciaient les libraires et que certains concurrents s'étaient empressés d'imiter. Pas de théâtre ni de poésie. Quelques étrangers. L'autofiction était bannie. Aucune BD. Beaucoup de premiers romans. Des rééditions quand cela s'imposait. Du second rayon. Malgré *J'ai fait des enfants dans tous les pays*, ils avaient arrêté de publier des nouvelles. Ils en recevaient trop. Même Cécile Costa n'en écrivait plus. Cet archaïsme leur était reproché. Pierre en faisait une arme, un bouclier. Il conseillait à ses auteurs de ne pas se rendre aux émissions qu'ils ne regardaient pas.

La télévision ne servait pas à grand-chose. Pour la radio, cela dépendait. Exiger que les interviews aient lieu en direct. Cela limitait le champ d'action. Il fallait tenir bon.

Puis venait le moment tant redouté où il fallait s'adresser aux représentants. N'empêche, un Goncourt aurait bien arrangé les choses.

L'Urssaf leur avait mis un contrôle sur le dos. C'était le deuxième en cinq ans. Pierre ne supportait pas ce fonctionnaire en costume de velours milleraies trop chaud pour la saison, avec sa tonsure et ses cheveux longs qui entouraient son crâne chauve comme une jupe de vahiné, et qui pinaillait pour une facture de pizza à 8,50 euros. Claire arrondissait les angles.

Avec ce type dans les pattes, ils ne pouvaient pas travailler en paix. Il ne prenait même pas le temps de déjeuner. Vers midi, Pierre l'observait. Le vétilleux attrapait une orange et plongeait les ongles dedans pour l'éplucher. Entre deux bouchées, il lui demanda si ça n'était pas eux qui avaient publié cet album sur la gastronomie italienne. Il pouvait se brosser pour avoir un exemplaire gratuit, tiens.

La lumière filtrait à travers les rideaux. Quelle heure pouvait-il être ? Claire s'étira dans les draps et fut ravie de ne pas avoir suivi Pierre sur la côte basque où il avait été convié à un week-end gastronomique. Toutes ces vagues l'assommaient, ces surfeurs en tongs avec leurs cheveux décolorés.

La veille, elle avait dîné sur la table basse du salon d'un gaspacho et d'un thon en boîte accompagnés d'un rosé dont une bouteille était ouverte dans le frigo. Il en restait plus de la moitié. Au moment du dessert, elle constata que la bouteille était vide. La chimie agissait dans son crâne. Elle avait atteint cet équilibre précaire qui s'apparente à l'insouciance. Cela faisait des siècles qu'elle n'avait pas été seule. Quel bien fou ! Elle avait feuilleté leur vieil album de photos. Sur l'une d'elles, la voici dans les bayous de Louisiane avec autour du cou un gros python jaune, de la couleur de la graisse d'oie. Elle avait regardé un épisode d'une série espagnole et commencé à lire les épreuves d'un roman qui paraîtrait en janvier. Elle ne tarda pas à éprouver un désintérêt maussade. Pourquoi Pierre publiait-il ça ? L'auteur était une jeune Bretonne qui avait élevé des lamas. Elle se demanda si Pierre couchait avec des romancières. Il lui manquait déjà. Les hommes qu'elle rencontrait dans son métier ne mettaient pas longtemps à lui demander si elle était mariée, comme pour savoir s'ils pourraient un jour coucher avec elle. Elle déchiffrait leur manège. Ils s'attendaient à un bas-bleu à lunettes et ils voyaient ces jambes sortir du taxi devant le restaurant. Il ne se passait jamais rien. Certains lui suggéraient un dîner au lieu d'un déjeuner, la prochaine fois. Le sourire qu'elle leur adressait constituait le plus ferme des refus.

Quand même, il faudrait qu'elle voie une photo de cette fille.

D'abord, appeler Ramboire. Cet éditeur récemment à la retraite en avait vu d'autres. Pierre avait débuté sous ses ordres. Le premier jour, Ramboire l'avait emmené dans ce restaurant de la rue Récamier dont le patron était originaire du Lot. Au moment de la commande, il s'était tourné vers Pierre :

– Vous êtes né en quelle année ?

– 1959.

– Donc : un Ducru-Beaucaillou 1959, indiqua-t-il au sommelier en repliant la carte.

– Vous avez de la chance, c'est un excellent millésime, dit-il à Pierre qui n'avait jamais oublié ce déjeuner.

Ramboire était calé en bordeaux et en à-valoir.

– Le b.a-ba du métier.

Ramboire lui dit de faire attention.

– En ce moment, bien sûr, ils te lèchent le cul, mais après tu vas voir ça !

Ces types-là – pas Danzias, mais ses semblables – avaient racheté plusieurs de ses concurrents et, malgré leurs promesses, les anciens dirigeants avaient vite été évincés. Pierre écouta. La rumeur courait selon laquelle Ramboire était en train de rédiger son autobiographie et qu'elle serait saignante. Éditer les Mémoires de son mentor ne lui aurait pas déplu. Ramboire commenta les prix.

– Le Goncourt, non mais franchement ! Vous voulez venir dîner à la maison samedi ? Hélène se plaint de ne plus vous voir.

Elle avait déjeuné chez Lipp avec une de ses amies antiquaire. En entrant, Claire avait vérifié que Pierre n'était pas là. Elle reconnut un vieux comédien à une table en face de la caisse. Il était avec un ministre de quelque chose. La vieille comédie était respectée. Cette chère Florence connaissait des tas d'histoires d'acteurs. Elles s'étaient dit au revoir devant la station de taxis.

– Je vais aller acheter de l'argent, lança Florence en se dirigeant vers un distributeur de billets.

Claire marcha un peu sur le boulevard Saint-Germain. Elle devait faire quelques courses et tourna à gauche pour descendre la rue des Saints-Pères. Il y avait cette boutique où elle avait repéré une robe à motifs. Elle était en solde. Ça serait parfait pour les soirs d'été. Elle passa devant la vitrine de chez Grasset. C'était là que Pierre avait commencé sa carrière. Il n'y avait jamais moyen de parler de vêtements avec lui. Il ne remarquait rien. Quand elle lui demandait ce qu'il pensait d'une nouvelle tenue, il disait invariablement : « C'est marrant. » Révolte de Claire : « Ça y est, tu me l'as pourrie. » Le lendemain, elle retournait échanger l'objet incriminé. Finalement, elle ne voulut pas de robe.

Ensuite, elle s'arrêta chez Cassegrain pour acheter du papier à lettres. Elle marcha dans Paris. Les rues avaient des noms. Elle se demandait souvent qui étaient ces inconnus inscrits en lettres blanches sur les plaques bleues ornant les façades. Des savants ? des généraux ? Il faudrait qu'elle se renseigne auprès de Mathieu qui était incollable sur les militaires napoléoniens. Il y avait peu de femmes. Voilà que je deviens féministe. Elle sourit et reprit son chemin. Les passants qui la croisaient devaient se dire : Tiens, en voilà une qui a l'air heureuse de rejoindre un amant. S'ils savaient ! Elle n'avait pas trompé Pierre. Il y a des années, elle avait cru qu'il avait une maîtresse. Elle avait vérifié en douce un numéro que Pierre avait appelé plusieurs fois. Elle tomba dans les Pages Jaunes sur le service après-vente de chez Darty. Elle se détesta. Elle décida de ne plus jamais être jalouse.

Une fois, la seule, il avait failli tromper Claire. Il avait réservé une chambre dans un hôtel de la rive droite. Cela lui rappela le titre d'un film, *L'Amour l'après-midi*. Dehors, le soleil avait cet éclat timide qui annonce le printemps. Il laissa ses clés au voiturier. Le hall était rouge et sentait le parfum d'ambiance. À la réception, Pierre reconnut un footballeur avec un catogan et un pantacourt. Dans l'ascenseur, les numéros des étages s'allumaient les uns après les autres. Il regarda le nom du dépanneur à appeler en cas d'incident. À qui devait-on téléphoner pour réparer un adultère ? Il vérifia s'il avait assez de monnaie pour les pourboires. Ces maudites pièces qui trouaient les poches. Il traversa un long couloir. Derrière une porte, Deborah l'attendait. Elle était revenue. Il espéra qu'elle n'avait pas changé autant que lui. Le panonceau « Do not disturb » pendait à la poignée ronde et brillante. Il colla l'oreille contre le bois verni. De l'autre côté, une voix au téléphone. Deborah, sa voix pleine de nuits blanches. À vingt ans, elle parlait comme si elle avait déjà vécu mille vies. Le silence, maintenant. Elle avait dû raccrocher. Il hésita à frapper. Il fut très lâche.

– Déjà ? lui dit le voiturier en le voyant sur le trottoir.

Le soir, il retrouva Claire avec un sentiment d'impatience intact.

– Tu es fatigué.

Ça n'était pas une question.

– Pas encore, dit-il en enlaçant Claire.

La barbe. Il avait failli oublier son déjeuner avec ce raseur de Trinquet. Naturellement, ce pigiste était en retard. Il transpirait. La fille du vestiaire lui proposa de ranger son pardessus. Trinquet remercia et le plia avec soin sur la chaise voisine. De lui, on disait : « Pour lui, une main serrée c'est un livre lu. » Variante : « Sujet, verbe, compliment. » Pierre l'avait attendu en se gavant de morceaux de pain qu'il avait barbouillés de moutarde. Il y avait des miettes plein la table. Trinquet était en chemisette rayée avec un nœud papillon écossais. Il s'affala sur la banquette avec un soupir. Il pesta contre les embouteillages et réclama un kir royal.

Il posa une pile de livres sur la table d'à côté. De toute évidence, il venait de faire une razzia chez les éditeurs du quartier. Ce bon vieux Trinquet. Ses louanges désmesurées. Son visage bronzé à la lampe virait à l'orange. Il avait des yeux d'huître, une bouche répugnante, deux limaces collées ensemble. Pierre fit signe au garçon. Le bordeaux de la maison, oui, cela irait.

– Pour moi, un autre kir royal.

Sur la photo qui accompagnait sa chronique hebdomadaire, Trinquet avait l'air d'un acteur des années trente, quelqu'un du genre Victor Francen. Il faudrait que j'arrête d'avoir des références qui ne signifient plus rien pour personne, se dit Pierre. Son regard s'attarda sur l'affichette indiquant que les portables étaient interdits. C'était un endroit où l'ancien propriétaire refusait de servir du Coca-Cola.

– Vous savez que j'ai vu dans le bus une charmante demoiselle en train de lire un de mes articles ? Je ne vous dis pas qu'elle était charmante à cause de ça, notez. D'ailleurs, moi, les filles…

Trinquet pouffa. Il cachait ses grosses lèvres derrière ses gros doigts. Pierre eut envie de lui rappeler qu'on était au XXIe siècle. S'il croyait que l'homosexualité était originale !

La côte de bœuf arriva. Trinquet sourit. Il avait une assez belle dentition. Pierre s'était attendu à des chicots marronnasses. Allez, soyons un peu éditeur. Claire lui avait compilé la production récente du journaliste. Les citations volaient au-dessus des plats. Pierre ne mollissait pas sur les compliments. Trinquet rougit. Il raconta l'histoire de la critique dramatique qui faisait payer ses baby-sitters par les directeurs de théâtre. Pierre répéterait ça à Claire. Elle raffolait de ces anecdotes. C'était pourtant un milieu où l'on croyait avoir tout vu.

À côté d'eux, un blondinet découpait son gigot en plantant dedans sa fourchette à la verticale.

Au dessert, Trinquet promit de faire une page sur le premier roman des Épées. Après le café, il voulut reprendre du vin.

– Vous ne m'accompagnez pas ?

La prochaine fois, Pierre demanderait à Claire de déjeuner avec cet estomac sur pattes. Ils se dévouaient à tour de rôle.

Trinquet vivait avec sa mère dans un rez-de-chaussée de la cité Bergère. Pierre lui apprit que leur adresse était cité Vaneau. Trinquet rappela que Gide avait habité à côté. L'appartement de Julien Green était par là aussi. Le monde était petit. L'œil de Trinquet s'allumait. Pierre retint un bâillement. Il fit semblant de s'essuyer la bouche avec sa serviette. En face d'eux, il y avait une femme qui était le sosie de Claire, mais qui n'était pas elle. C'en était troublant. Elle pleurait. Elle regarda Pierre sans le voir, sourit dans le vide, but une gorgée de vin. De plus en plus de femmes seules pleuraient dans les restaurants. Elles se reversaient un verre de vin blanc, les yeux embués de détresse. Elles pleuraient leur mari, leur passé, la beauté en allée. Elles demandaient au garçon s'il n'avait pas un kleenex. On les sentait à deux doigts de se moucher dans leur serviette. La bouteille était vide, leur visage de plus en plus chiffonné. Pourquoi personne ne voulait plus dîner avec elles ? Elles avaient laissé le chien à la maison. Pauvre Youki, abandonné devant la télévision allumée.

– Vous avez vu ? dit Pierre à Trinquet.

– Oh oui, elle est là tout le temps.

Il y eut un silence. La femme reposa son verre. Ses yeux repassèrent sur Pierre. Nouveau sourire. Sa robe en coton dévoilait ses épaules. C'était fou ce qu'elle ressemblait à Claire. Trinquet avait à peine touché à son assiette tellement il avait parlé.

– Les bavards sont toujours maigres. J'aurais pu écrire des romans, moi aussi, si j'avais voulu.

Mais oui, mais oui. On connaissait cette chanson. Le critique qui respecte trop la littérature pour l'encombrer de son talent certes non négligeable, mais minime en comparaison de Proust ou Balzac.

– Ça vous embête si je sors fumer ?

Pierre fit signe au garçon, comme s'il écrivait quelque chose dans sa paume. Il farfouilla dans ses poches à la recherche de monnaie.

Au moment de prendre congé, Trinquet demanda à Pierre s'il pouvait lui donner le numéro personnel de la secrétaire perpétuelle de l'Académie française. Son manteau sentait le tabac froid.

– Il y avait une femme qui te ressemblait, au restaurant.
– Ça m'étonnerait, dit Claire.

– Cent mille euros !
Pierre manqua s'étouffer. Il avait bien entendu. Voilà la somme qu'elle exigeait pour son prochain roman. Cette petite gourde de Sylvaine Renouart ne se mouchait pas du coude. Un seul livre, et elle était déjà gâteuse d'elle-même. Le succès n'en avait fait qu'une bouchée. Elle avait pris un agent. En face de lui dans son bureau, elle le toisait. Elle aurait mieux fait de repenser à tous les auteurs qui s'étaient assis dans ce fauteuil. Il y avait eu des prédécesseurs illustres. Il ne savait pas trop quoi lui dire. Quand elle crachait le mot « Goncourt », c'était avec acrimonie. Comment lui expliquer qu'elle n'avait aucune chance ?
Son texte commençait ainsi : « Je me souviens des jours indicibles. » Ça n'était pas la peine d'aller plus loin. La prochaine fois, il lui annoncerait la mauvaise nouvelle. Le manuscrit avait rejoint la pile des « À refuser »

sur le radiateur. Et Sanders n'avait toujours pas rendu son chef-d'œuvre. Qu'est-ce qu'il foutait ? Il avait sûrement déjà dépensé son avance. Avec quoi avait-il financé ce voyage à Madrid avec cette conquête qui avait lancé un site de recettes sur internet ? Il y avait aussi le cas de Roger Saulne. Il choisissait des filles de plus en plus jeunes et écrivait des livres de plus en plus mauvais, mais personne n'osait rien lui dire. Claire ne voulait pas s'en charger.

– Ça doit être embêtant de s'appeler Roger.

Paris était tout jaune. Le temps était doux et tiède. Elle avait choisi une table sur la terrasse couverte. En le voyant, elle tapa du doigt contre la vitre et agita la main en souriant. Son sourire aurait dû être répertorié au patrimoine mondial de l'humanité. Il entra, l'embrassa sur les deux joues. Il s'assit à côté d'elle et fit signe au garçon. Elle avait commandé un chocolat chaud. Il jeta son dévolu sur un Perrier-menthe. À chaque nouveau client, un courant d'air soufflait dans le café.

Dans le coin, à gauche, un acteur plutôt célèbre dévorait une omelette. Il jetait autour de lui ce regard si caractéristique de sa profession pour s'assurer qu'on le reconnaissait. Son portable n'arrêtait pas de sonner et il ne prenait pas la peine de répondre. Il devait habiter le quartier. Le vieux Rouquet continuait à résister, avec ses néons, son carrelage démodé, ses tables en formica. On aurait dit le décor d'un Godard première manière. Le flipper avait disparu.

Le serveur se faufila entre les tables, levant son plateau au-dessus des têtes.

– Merci, dit Pierre.

Une soucoupe de chips accompagnait son verre rempli de glaçons.

Elle posa une main sur la sienne, comme si elle comparait la longueur de leurs doigts. Ils firent la liste des endroits qui avaient fermé dans le quartier, le bar en sous-sol du Pont-Royal, le Twickenham, ce faux pub anglais qui était le QG de Grasset, le Korean Barbecue d'où on sortait en empestant le graillon, le Pop'Hot où Pierre avait connu Mathieu. Claire piochait des chips qu'elle enfournait dans sa bouche par poignées.

L'acteur sortit, s'affubla d'un casque et enjamba un scooter. Il démarra en trombe. Sa plaque était immatriculée 14. Cela passait ses week-ends à Deauville.

Pierre lui raconta une histoire qu'il avait entendue à la radio. Claire riait tellement qu'elle finit par s'étouffer. Ses joues étaient rouges. Ses yeux se mouillèrent de larmes.

– Ça va ?

Elle souffla :

– Ça va aller.

Il n'y avait plus de chips. Claire roula en boule sa serviette en papier. Ils se levèrent. Sur le trottoir, il la prit dans ses bras. Elle appuya son front contre son épaule.

C'était le café où Pierre avait revu Claire, après leur première soirée, en 1980 et quelque. Elle était simplement la femme qui s'était engagée à lui rendre la vie plus douce et avec laquelle il passerait le restant de ses jours.

Le Goncourt avait été décerné. Il alla à un ancien délinquant marseillais. Ce jury n'était jamais décevant. Après l'annonce des résultats, Pierre et Mathieu vidèrent une bouteille de Selosse.

Il ne s'agissait pas de traîner. Mathieu dit au taxi qui l'avait déposé gare d'Austerlitz de garder la monnaie. Il entra par le hall des arrivées. Il fallut parcourir des couloirs et des couloirs. Il chercha un distributeur de billets. Il n'y en avait pas. La gare était en travaux. Il était désorienté. La salle des pas perdus se transformait en galerie marchande. Tous ces endroits se ressemblaient. Toujours les mêmes conneries à acheter. Avant, les gares avaient l'air de cathédrales. Au cas où, il avait emporté pour le voyage des sandwiches de chez Ladurée, de petits rectangles de pain de mie enveloppés dans du papier qui était d'un blanc presque gris. Il emprunta un escalator, chercha sa voiture sur le plan affiché au milieu du quai. Il lui restait dix minutes avant le départ. Il y avait la queue au Relay. Il renonça à se procurer les hebdomadaires. Pas un livre lisible sur les tables, même pas un Trébuchet. Le Goncourt partout. Heureusement qu'il avait emporté la Pléiade de

Sylvia Plath. Des silhouettes, traînant leur valise à roulettes, couraient vers leur destin.

Ils étaient bien une centaine à patienter sur le quai. Le train n'était pas arrivé. Des mains se serrèrent. Des bises claquèrent sur les joues. Un handicapé en fauteuil roulant demandait de l'aide.

Sa place était côté fenêtre. Le train démarra. Dans le wagon, l'air était lourd et chaud. Mathieu regretta l'absence de Pierre qui n'effectuait plus le déplacement depuis la disparition du Capitole. Il observa les immeubles moches, avec leurs façades taguées. Comment avons-nous fait pour nous habituer à la laideur ? La barbarie s'étirait avec son cortège de désolation. Des wagons de marchandises rouillaient sur des voies de garage. Des postes de commande visiblement désaffectés avaient leurs vitres cassées. Puis ce fut la campagne. Une pluie fine se mit à tomber. Sur la vitre, les gouttes se poursuivaient avec la frénésie de spermatozoïdes filmés par des scientifiques. Une jurée Goncourt se pencha vers lui :

– Jeune homme, vous pouvez m'aider à ranger ma valise ?

Elle bloquait le couloir. Il se leva et hissa la valise dans le porte-bagages. La petite dame à chignon le remercia. Elle leva la main comme pour ajouter quelque chose et regagna son siège, un peu plus loin. Dans sa jeunesse, elle avait publié sous pseudonyme un récit érotique qui avait fait scandale. Le vrai nom de l'auteur n'avait pas tardé à circuler. Depuis, elle vivait sur cette réputation sulfureuse. Mathieu la voyait mal en guêpière de cuir, en train de fouetter ses amants à quatre pattes. Il aurait dû se présenter. Mathieu. Je suis l'auteur des *Kamikazes*. La prochaine fois, elle aurait voté pour lui chez Drouant. Une annonce retentit dans les haut-parleurs. Ils avaient du retard. Ça commençait bien.

Le train se rendait à Brive. Tous les auteurs étaient à bord. Les conversations ronronnaient de banalités. Une dame de l'Académie alla s'asseoir à côté du directeur d'un quotidien. Mathieu se dirigea vers le wagon-bar. Il vit la chevelure fournie, le visage juvénile d'Edmond de Talloire. Ses initiales étaient brodées sur le devant de sa chemise. La pochette de ce plouc s'accordait à sa cravate. Ses petits yeux brillaient d'excitation. Son roman avait figuré dans la dernière liste du Renaudot. Il l'avait encore raté. Le vrai lauréat était attendu le lendemain. Plus loin, Félix Woldenberg, assez bien débraillé, la barbe terne, couleur d'eau de vaisselle, relisait ses épreuves. Il avait l'air d'y prendre un plaisir extrême.

– Ne le dérangez pas, dit une fausse blonde au front botoxé.

Il n'y avait pas de risque. Mathieu ne pouvait pas blairer ce type-là. Ce brave garçon loupait le Goncourt avec une émouvante régularité. Il persistait. Septembre était son mois. Pour se changer les idées, il était candidat quai de Conti, où l'on ne voulait pas de lui non plus.

Un auteur de polars se vantait d'avoir la meilleure chambre à La Truffe noire. Une jurée du Femina râlait parce qu'elle était au Quercy. Woldenberg était plus modestement logé à l'Ibis. Mathieu s'en foutait : il descendait à Castel Novel, un château entouré d'un parc et de quelques vignes, à dix kilomètres de Brive. Les organisateurs distribuèrent des dossiers avec des tickets pour les restaurants du coin. Des plateaux-repas circulèrent. Des extras les déposèrent devant chaque passager. Le nom de Colette résonna au-dessus des assiettes. Mathieu sentait son sang bouillir dans ses veines. C'était un sang épais, rougeâtre, médiéval. L'abstinence serait pour une autre fois. Le blanc, un gentil bergerac, n'était pas assez frais. Un bout de figue se découpait au milieu des tranches de pâté en croûte. Talloire redemanda du vin. Un journaliste de télévision tartinait son foie gras. Un ancien rugbyman était reconnu par les serveurs. Il avait écrit un roman, lui aussi.

– Ça commence à devenir farce, dit un membre de l'école de Brive.

Carmignac demanda des glaçons pour son vin blanc. On l'informa que cela ne se faisait pas. Carmignac fit « Merde ». Ça n'était pas un « merde » agressif. Un psychanalyste avec des chaussettes Mickey était au téléphone quand le convoi entra dans un tunnel. La communication fut coupée. Un speaker de radio essayait d'interviewer le lauréat du Goncourt que tout le monde regardait en coin. Finalement, ça n'avait pas été Valentré. Ils auraient tous tellement aimé l'avoir, ce Goncourt. Pourquoi lui, hein ?

À Paris, une journaliste avait interviewé Talloire. Qu'est-ce que ça faisait d'avoir raté le prix ? Réponse : « Plaisir ! »

Mathieu s'approcha d'une romancière qui sortait un livre chaque mois de septembre. Tout de noir vêtue, elle se rongeait les ongles.

– Tiens, ton médicament, dit-il en lui tendant une tasse en plastique remplie de champagne. Tu pensais à quoi ?

– Au passé.

– Ne parle pas de ce que tu ne connais pas.

Elle rejeta ses cheveux en arrière en bougeant la tête et en s'aidant d'une main. Ses lunettes rondes agrandissaient son visage. C'était une fille qui avait dû avoir enfant des taches de rousseur. Elle avait écrit un roman de deux mille pages. Un deuxième tome aussi volumineux était prévu. Il s'attarda sur ses yeux de chat avec leur éclat mordoré, le sourire toujours aussi intrigant.

À Orléans, Woldenberg était déjà saoul. Une romancière au profil chevalin se pencha vers son voisin :

– Vous savez comme moi à quel point il est compliqué d'être publié.

Mathieu avait besoin de fumer. Hélas, le train ne s'arrêtait nulle part. Il lui faudrait patienter jusqu'à Brive. Même les cigarettes électroniques étaient interdites. Il consulta sa montre, une Hermès arceau qui datait d'un Noël très ancien. Encore deux heures à attendre. Il y avait la queue aux toilettes. Ce con de Woldenberg était en train de pisser. Ça n'en finissait pas.

Des autocars les attendaient devant la gare. En face, se dressait l'incontournable Hôtel Terminus. La pluie noircissait les toits d'ardoises.

– C'est du Simenon, dit Antoine Carmignac qui avait allumé sa cigarette et qui toussait déjà.

La place était ronde. Un clochard faisait la manche. Il avait collé dans sa barbe de faux trèfles à quatre feuilles.

Une voiture emmena Mathieu à Castel Novel, en compagnie d'un médecin de Clermont-Ferrand. Durant le voyage en train, un ancien mannequin qui signait un récit sur son anorexie lui avait donné son numéro de portable. Ils s'étaient promis de dîner ensemble. Mathieu ne comptait pas s'éterniser sur son stand. Sa chambre était dans la tour. Elle avait un lit double. Une sieste serait la bienvenue. Quand il se réveilla, la télévision annonçait la mise en examen d'un député pour harcèlement. Il était temps de se rendre à la foire. Le taxi n'arrivait pas. Mathieu allait et venait à la réception. L'employé était au téléphone. Mathieu émit un *ttt* d'agacement. Le type raccrocha, lui adressa un regard interrogatif.

– Je n'ai pas de message ?

Sous la halle, le maire terminait son discours. MeToo était sur toutes les lèvres. Tout jeune, Mathieu s'était figuré que les cocktails littéraires regorgeaient d'affolantes créatures. Ça n'était pas souvent le cas. Il n'y avait que des vieilles filles, des postières hystériques, des sous-normaliennes. Les hommes, ça n'était guère mieux. Des barbichus avec des pellicules sur les épaules, les doigts jaunis de nicotine, toujours à l'affût d'une invitation par une attachée de presse. C'était un milieu rythmé par une succession de bons pour un repas chaud. Cela manquait de fêtards en tweed, d'aristocrates avec des cravates en tricot.

Dehors, la bruine avait cessé. Sur la place, un café proposait des fruits de mer. Ils s'installèrent pour l'apéritif en terrasse. La température le permettait. Le mannequin avait un bonnet de laine. Le rouge à lèvres lui allait bien. Ils commandèrent du vin blanc. Pour une ancienne anorexique, elle se défendait. Un avocat dont on prédisait qu'il serait ministre de la Justice au prochain remaniement les rejoignit. Il était en nage. Il exigea des crépinettes. La maison ne proposait pas cette denrée. Il se rabattit sur la saucisse sèche. La serveuse avait une vingtaine d'années.

– Au moins, on est sûr qu'elle n'est pas romancière, dit l'avocat en allumant un cigare.

Le mannequin informa l'assemblée qu'elle s'était lancée dans un roman retraçant sa liaison avec un acteur d'une certaine envergure. Tout le monde voulut savoir de qui il s'agissait. Le mystère persista. Mathieu décida de la saouler pour avoir le fin mot. Il y eut un problème : elle tenait mieux l'alcool que lui. L'avocat contempla son cigare et posa une cheville sur son genou.

Ils dînèrent tous chez Francis, la table que les éditeurs s'arrachaient. Pour le tête-à-tête, Mathieu repasserait. Allons, il se rattraperait au Cardinal, la discothèque locale. Le magret était rosé, les pommes de terre sarladaises. Woldenberg, qui avait récupéré, chantait du Presley en battant la mesure sur la nappe. L'omelette norvégienne ne déçut pas. La vieille noix ne s'imposait peut-être pas.

Dans le hall de La Truffe noire, les invités s'étaient lancés dans un furieux karaoké. Un parolier de Johnny Hallyday s'était installé au piano. On avait distribué les textes des chansons aux participants qui se pressaient au bas de l'escalier. Les fausses notes se multipliaient. Dans la cheminée, le feu était sur le point de s'éteindre. Personne n'avait songé à remettre des bûches. Mathieu aurait bien pris un gin-tonic. Mais où ? Ils s'éclipsèrent un par un. « À l'anglaise », dit le mannequin. Direction Le Cardinal, donc.

La boîte était de l'autre côté du fleuve. À l'intérieur, un carré était réservé aux Parisiens. Depuis qu'il était interdit d'y fumer, les discothèques sentaient très vite la sueur. Mathieu regretta la bonne vieille odeur du tabac. Le DJ passait des tubes disco. Michel Sardou déchaîna la foule. Ils dansaient, en nage, les bras levés vers la boule à facettes. Une directrice de collection distribuait de la vodka-Get. Le videur demanda un autographe au mannequin. Sybil obtempéra.

– Un site prétend que je n'ai pas écrit mon livre moi-même.

– Vous n'êtes pas la seule, dit Mathieu en montrant une brune qui se déhanchait sur la piste.

Il ne ramena pas le mannequin, mais une vedette de télévision qui ne s'était pas remise de la mort de sa grand-mère. La fille ronflait. Il ne manquait plus que ça.

Le lendemain, Mathieu se traîna jusqu'à son stand. Le libraire lui fit la gueule. À côté, un ex-Premier ministre signait à tour de bras. Un ancien président de la République souriait entre deux gardes du corps. Les deux hommes s'évitaient du regard. Un dramaturge à foulard dont la pièce tenait l'affiche à Édouard-VII depuis un an cochait sur un cahier le nombre d'exemplaires qu'il avait vendus. Sur sa couverture illustrée, les lettres du titre étaient en relief. À ce détail, on reconnaît le best-seller. Des écoliers tendaient des programmes aux auteurs de bande dessinée. Un local de l'étape n'arrêtait pas. Ses clients étaient si nombreux qu'il était obligé de rester debout derrière ses piles. Même pas le temps de déjeuner. Ça n'était pas ce week-end qu'il risquait de pêcher à la mouche dans la Dordogne.

– C'est pour qui ?

– Pour ma mère.

Dehors, un inconscient escalada la façade du théâtre municipal. Les pompiers furent à deux doigts d'intervenir. À l'intérieur, une conférence se déroulait dans un silence de mort. Ils étaient plus nombreux sur scène que dans la salle. Mathieu plaignit le modérateur. Le malheureux tâchait d'interroger une chanteuse hors d'âge qui était sourde et se déplaçait avec une canne. Sur la place se tenait un marché. Les Parisiens firent des rafles de confit.

L'après-midi, il sécha la table ronde à laquelle il devait participer. Une sieste à l'hôtel lui sembla préférable. La halle Georges-Brassens se passerait de lui. En partant, il avisa un animateur de télévision qui avait commis un essai sur les dessous de Hollywood. Braspart, qui vivait à Los Angeles six mois sur douze, ne décolérait pas : une lycéenne l'avait confondu avec le présentateur d'un jeu sur une chaîne câblée. Petite conne.

Au retour, la SNCF déclara une grève-surprise. Il fallut affréter un avion en catastrophe. Ce fut la panique. Les gourmands durent abandonner leur foie gras sous vide à l'aéroport. Les bagages en soute n'étaient pas autorisés.

– Ne vous inquiétez pas. Nous allons donner tout ça aux Restos du cœur.

– Vous feriez mieux de le jeter à la poubelle ! dit Mathieu.

Durant le vol, la fameuse rousse expliqua au steward l'exploit que cela représentait de trouver un éditeur. Il lui servit une eau minérale.

– Tu en as signé combien ?

– Cinquante !

– C'est ça.

Le quai d'Anjou était embouteillé. À la queue leu-leu, les taxis déposaient les invités devant le n°3. La lumière du soir descendait en oblique sur les immeubles. La porte cochère était restée ouverte. C'était au premier. Des gens piétinaient dans l'escalier. Claire doubla tout le monde. Pierre avait un peu honte.

Les fenêtres donnaient sur la Seine. Xavier avait repoussé les canapés contre les murs. Sur la commode, un bouddha souriait en silence. La réception se déversait de pièce en pièce. Il y avait des rires et de l'éphémère. La fête n'avait eu besoin d'aucun motif particulier. Béatrice n'avait dit à personne que c'était l'anniversaire de Xavier. Le secret avait été bien gardé.

Claire, qui était dans la confidence, glissa à leur hôte un flacon de Vétiver.

Mathieu était arrivé en avance, une manie chez lui. Un chat noir glissait entre les jambes. Le médecin du dessus était là : cela lui éviterait de se plaindre du bruit. L'année précédente, il avait soigné Xavier d'une cochonnerie. Il s'approcha d'eux :

– Dites-moi, comment se porte l'édition ?

– Un désastre ! répondit Claire en éclatant de rire. De toute façon, je ne parle jamais travail après huit heures du soir.

Pierre posa sur elle un regard plein de tendresse. Il pensait : « C'est ma femme. Voici ma femme. »

Le médecin leva son verre d'un air absent. Le champagne faisait son effet. Béatrice avait commandé des pains-surprises. Elle avait aussi préparé du Pink Rambler, cocktail à base de vodka, de Campari et de pamplemousse. Les lampes faisaient briller les cheveux des femmes. Le correspondant d'un journal italien revenait de Capri et décrivait le rocher baptisé la « Tête de cobra ». Il avait voulu rapporter un article sur la villa Malaparte, mais n'avait pas réussi à la visiter.

– Vous avez raté quelque chose, dit Claire. Les lits sont très confortables.

– Vous ne trouvez pas que les Faraglioni sont comme des parfaits au café surgissant de l'eau ?

– Que faites-vous à Paris ? demanda Pierre.

– Un reportage sur le plus mauvais restaurant du monde.

– Lequel ? Ça n'est pas ça qui manque.

L'Italien se pencha et lui chuchota à l'oreille le nom du coupable. Pierre était d'accord : une carte hors de prix et que des Américains. Il se dirigea vers le coin où une lourde table de bois servait de bar. Les glaçons avaient fondu dans leur seau. À côté de lui, un membre de jury et une veuve du XVIe arrondissement comparaient la beauté de Jackie Kennedy et celle de sa sœur Lee Radziwill. Avantage : la sœur.

– Après mon divorce, disait le juré, je me suis aperçu qu'aucun de mes amis ne supportait mon ex-femme.

Un couple de Grecs qui élevaient des chevaux à quinze kilomètres d'Athènes séjournait au Ritz. Le mari avait cessé de boire : il avait perdu vingt kilos. Il ne lâchait pas sa bouteille d'eau minérale.

– Vous savez ce qui fait le plus peur chez les chevaux ? lui dit Claire. C'est leurs yeux. Ils sont énormes.

Une dame de Nice avait une fine cicatrice horizontale à la gorge : sa femme de ménage avait versé du Destop dans une bouteille de Perrier. Un petit chauve lui dit qu'elle avait l'air d'une actrice de Carné-Prévert. Il avait une tête à orner de futurs billets de banque. Ce professeur d'université avait rédigé un devoir sur Rimbaud pour la fille d'un restaurateur étoilé chez lequel on devait réserver des mois à l'avance.

– Ça vaut bien une table.

– Ça vaut surtout 3 sur 20, dit Mathieu.

Un parolier de chansons se vantait d'avoir inventé un cocktail à base de Tabasco. Depuis que sa mère était morte, il ne parlait plus que de son homosexualité.

Avant, il n'en avait jamais été question. C'était un peu saoulant. Une petite brune cassa un verre.

– C'est grave ?

Xavier fit non de la tête. Il lui en proposa un autre. Le chat se réfugia sous le piano. À intervalles réguliers, les projecteurs d'un bateau-mouche découpaient les branches des arbres, mouchetant les plafonds d'ombres chinoises. L'effet avait quelque chose de féerique. Ceux qui venaient pour la première fois se demandaient ce qui se passait. Il y avait un long balcon qui dominait le fleuve. Une actrice qui avait eu un César recommandait un jeune couturier. Une croix en or pendait au-dessus de sa poitrine. Son sourire se déclenchait au moment où on s'y attendait le moins. On aurait pu la contempler pendant des heures. Elle disait :

– J'ai été une des plus belles femmes de Paris.

– Comment vous appelez-vous ? demanda le Grec.

– Kristina. Avec un K.

Elle avait publié un roman, elle aussi. Pierre l'avait refusé et elle ne lui en avait pas voulu. Elle avait trouvé un autre éditeur. Les mauvaises langues affirmaient qu'elle avait couché avec pour parvenir à ses fins. Pierre regretta vaguement de ne pas avoir été harcelé de cette façon. Une traductrice choqua son auditoire en abordant le sujet délicat de l'éjaculation faciale :

– Quand ça sèche, on a l'impression d'avoir une toile d'araignée sur le visage.

Dans la cuisine, la gardienne découpait des rondelles de saucisson. Elle les déposa sur un plateau, avec des petits bols remplis de cornichons. Sur le plan de travail en marbre noir trônait une sorte de Beaubourg en miniature, une machine à café tellement volumineuse qu'elle semblait prête à conquérir la Colombie. Béatrice mit un disque de musique italienne. Elle avait recommencé à fumer. Cela se voyait aux kilos en trop qu'elle avait perdus. Xavier passait de groupe en groupe. Sa cravate était desserrée. Il avait le visage un peu congestionné. Par instants, il avait encore l'allure d'un étudiant. Jusqu'à quand garderait-il ses traits juvéniles ? Claire lui adressa une grimace. Il haussa les épaules pour lui montrer qu'il ne comprenait pas ce qu'elle lui voulait, puis il esquissa un pas de danse.

Une vaste brune aux traits assez chevalins soupirait :

– Vous ne pouvez pas savoir comme c'est difficile de trouver un éditeur.

Pour illustrer son propos, elle brandit l'exemple de Proust. Elle ajouta qu'elle avait lu toute *La Recherche* à l'âge de quatorze ans. Pierre l'aurait peut-être crue si elle n'avait pas prononcé Guermantès comme si c'était une famille espagnole. Il s'éloigna.

– Tiens, Gonzague.

Ils avaient été ensemble à Sciences po. Gonzague tenait table ouverte chez Basile. Il commença par se marier. Pierre et Claire le perdirent de vue. Un travail l'appela en Amérique du Sud. Il ne donna plus de nouvelles. Quand il revint en France, il avait divorcé et gagné des millions, phénomène assez contradictoire pour ne pas être remarqué.

L'actrice grignotait un bretzel en assurant qu'on trouvait les meilleurs à New York. Elle donna même l'adresse. Claire admirait un bouquet de pivoines. Quelqu'un lui attrapa le bras. C'était Mathieu. Il allait de nouveau se saouler. Il faudrait l'aider à monter dans un taxi. Il n'en était encore qu'aux préliminaires.

– Qui est cette fille avec d'Aumale ?

– Je crois qu'elle bosse dans un théâtre.

– Tu me la présenteras ?

– Si tu crois que c'est une amie…

Claire remarqua que ses tempes commençaient à blanchir.

– Il paraît que Gonzague est là ?

– Oui. Nous avons tous changé, mais lui c'est carrément de la réincarnation.

La musique était trop forte. Xavier alla la baisser. Béatrice protesta. Elle enlèverait bientôt ses chaussures. Elle alluma une cigarette et promit que c'était la dernière. Elle secoua son allumette pour l'éteindre, puis la laissa tomber dans l'aquarium. Xavier lui fit les gros yeux. Ils formaient un couple idéal, dans le fond. Dans un fauteuil, un très vieil homosexuel qui avait été le voisin d'Ava Gardner à Madrid menaçait une récente divorcée qui se vantait de ne coucher qu'avec des Sud-Américains :

– Si tu continues, je dis à tout le monde que tu habites le XVe !

Sa voix haut perchée était presque celle de Truman Capote. Au début, cela surprenait.

– Vous êtes sûr que vous n'êtes pas hétérosexuel ?

– Attendez deux heures du matin.

Dans un miroir, Pierre s'adressa un sourire à lui-même. Le champagne l'avait rendu bonhomme. Pourtant, il aimait moins le champagne qu'à une époque. Le médecin revint à la charge. Alors l'édition ? Il confia à Pierre qu'il avait envie d'écrire. Encore un. Pierre s'esquiva, entendit Mathieu expliquer la vie à la fille du théâtre :

– Dans un livre, il y a le début, la première phrase. Vous n'avez pas besoin de tenir le lecteur en haleine tout le temps. Ce qui compte, c'est la première page. Si vous la ratez, c'est fichu.

Il se tourna vers Pierre.

– Ça ne va pas ?

– Non, non. Je te laisse pérorer.

– Que fait un romancier quand il n'écrit pas ? dit la régisseuse.

Pierre ne laissa pas à Mathieu le temps de répondre :

– Rien : il dit qu'il écrit des romans.

Comme il faisait doux, il sortit sur le balcon. Il avait envie d'été. Il ne se lassait pas d'admirer l'avalanche d'étoiles. Sa rêverie fut interrompue par une voix qu'il connaissait. Blaise. Ce vieux Blaise. Il avait toujours sa maison dans le Morvan. La publicité ne l'amusait plus. Il avait cédé les parts de son agence et avait lui aussi divorcé, sans que les deux événements aient de lien entre eux.

– Il faudra que tu viennes nous voir.

– Nous ?

Blaise vivait avec une DRH polonaise qui était plus jeune que lui. Elle avait redécoré la maison de fond en comble. « Tu ne reconnaîtrais plus rien. » Même lui avait du mal à s'y retrouver. Il avait toujours eu des bassets hound, ces chiens dont les oreilles traînent par terre et qui illustraient des réclames pour une marque de chaussures dans les années soixante-dix.

– Ça s'appelait comment, déjà ?

– Hush Puppies.

À l'intérieur, Pierre entendit la voix de Claire. Elle le cherchait.

– Tu viendras, hein ?

Pierre promit. Il savait qu'ils ne se reverraient jamais. Le nombre de gens qui disparaissent, comme ça, sans raison valable. Et ceux qu'on continue à fréquenter, alors qu'ils n'ont pas tellement d'intérêt. Pierre retourna dans le salon. Maintenant, la Callas s'époumonait dans les baffles.

– Je croyais que tu détestais l'opéra, dit Pierre.

Béatrice eut un petit geste.

– Oh, tu sais !

Mathieu récitait des vers :

– « L'*Armand-Béhic* (des Messageries maritimes)
File quatorze nœuds sur l'océan Indien… »

Xavier prit le relais :

– « Le soleil se couche en des confitures de crimes,
Dans cette mer plate comme avec la main. »

Xavier chercha dans sa bibliothèque le volume de Henry Jean-Marie Levet pour qu'ils puissent compléter les strophes du poème. Dans la rue, un moteur démarra, cala, redémarra.

Dos à la cheminée, Claire se chauffait les fesses. Il était tard. Les tartes au citron avaient été englouties. L'assemblée était plus clairsemée. Le palier se remplissait de fumée et d'adieux. On promit de se revoir très vite.

– Faites attention au chat, dit Béatrice.

Pierre et Claire raccompagnèrent Mathieu. Néanmoins, ils refusèrent de le laisser chez Castel. La rue Saint-Sulpice était en travaux. Ils le déposèrent rue Théodule-Ribot, cette rue du XVIIe dont personne ne connaissait l'existence à moins d'y recevoir son courrier.

Cette nuit-là, Pierre n'arriva pas à s'endormir. Dans le noir, il pensait au nombre de livres qu'il avait refusés. Il n'avait pas sommeil. Il écoutait la respiration de

Claire. Cela faisait un bruit de poisson rouge gobant une daphnie. Il se colla contre elle. Son corps était chaud, mais elle avait les pieds glacés. Elle ne mettait pas de chaussettes au lit. Pierre portait un pyjama pour une raison très simple : il avait peur de se retrouver tout nu dans la rue en cas d'incendie de leur immeuble. Il en avait toute une collection. À ses anniversaires, ça ne ratait pas : Claire lui en offrait un. Au Noël dernier, son cadeau avait été des chaussons. Il aurait pu se poser des questions. Pépé, va.

Pourtant, il se réveilla en pleine forme. Il voulait sauter dans le premier avion pour Rio de Janeiro, acheter tout Simenon, téléphoner à des gens qu'il n'avait pas appelés depuis des années.

Pierre patientait au passage piéton du boulevard Saint-Germain. À côté de lui des joggeurs sautillaient sur place, attendant que le feu soit rouge. C'était un début d'après-midi à la douceur étrange. L'été indien ne voulait pas finir. Il avait rencontré un journaliste toulousain à la terrasse du Bizuth qui ne s'appelait plus le Bizuth. Le provincial voulait lancer une revue littéraire et se demandait si le projet intéressait Pierre. Ils avaient un ami commun qui était vétérinaire à Aureville (Haute-Garonne). Pierre tenta d'expliquer à Romain qu'il était délicat pour un éditeur de financer une revue comme ça. Il s'entendit parler de conflits d'intérêts. Où allait-il chercher des expressions pareilles ? Romain avait des chaussettes trop courtes. Quand il croisait les jambes, on voyait son mollet. Ils avaient bu des cafés et parlé des films des années soixante-dix. Romain avait serré la main de Pierre.

– Sans rancune.

L'embouteillage était terrible. Pourtant, il n'y avait pas de piste cyclable. D'innombrables piétons traversaient n'importe où parmi les voitures à l'arrêt. Les conducteurs s'étaient lancés dans un concours de klaxons. Le feu passa au vert. Cela ne changeait rien à l'état du trafic. Pierre marcha sur le trottoir d'en face, celui où il y avait une boutique de vêtements. La vitrine était remplie de vieux Livres de Poche. Les volumes grimpaient jusqu'au plafond. Les gens ne lisaient rien et les couturiers se servaient de la littérature pour vendre leurs modèles. On était en France.

Il se dirigeait vers la rue de Rennes. Il aperçut Claire qui attendait un taxi à la station devant chez Lipp. Elle portait un petit chapeau en Barbour. Il se souvint qu'il avait été un des premiers dans Paris à avoir un Barbour. C'était en 1988. Claire lui avait rapporté ce vêtement de Londres. Un tas de gens avaient commencé à mettre ces vestes en coton huilé. Puis la mode avait passé. Plus personne ne portait de Barbour. À part Claire et son chapeau kaki contre la pluie. Il la contempla un long moment avant de s'approcher. Elle le reconnut à la dernière seconde et poussa un cri étouffé.

– Idiot ! Tu m'as fait peur.

– Je te fais peur, maintenant ?

Elle était myope comme tout. Un taxi arriva.

– Tu me déposes ? Allez, sois un gentleman.

– Tu vas où ?

– J'aimerais visiter le zoo de Vincennes. Il paraît qu'ils l'ont refait.

Pierre fut galant. Les girafes avaient fraternisé avec les grues. Dans son aquarium, le lamantin s'ennuyait à mourir.

Ils avaient renové la librairie Gallimard. Mathieu était perdu. Les bibliothèques en bois avaient disparu, remplacées par des étagères de plastique blanc. La pièce au fond à gauche, où il y avait les éditions originales, contenait maintenant les poches. Une échelle était appuyée contre les rayonnages. Au moins, l'endroit n'était pas devenu une boutique de fringues. Mathieu fit semblant de regarder les livres des autres, sagement empilés sur les tables. Il s'approcha du coin consacré à la fiction. Avec une certaine fierté, il identifia la tranche dorée de son dernier roman. Ils auraient pu le garder en évidence plus longtemps. Un escalier en colimaçon descendait au sous-sol. Dans les années quatre-vingt, Pierre et lui étaient tombés sur un président en exercice qui se piquait de littérature. Mathieu avait fait exprès de demander à la caisse *Les Deux Étendards*. L'homme d'État avait levé la tête et leur avait souri. Il ne devait pas y avoir beaucoup de jeunes gens à savoir que Lucien Rebatet était un de ses écrivains favoris. On ne risquait plus tellement de voir un chef de gouvernement dans une librairie. Maintenant, les ministres montraient leur bite sur instagram. Mathieu jeta son dévolu sur une biographie de Philip Roth et sortit. Il traversa le boulevard Raspail. Il était invité chez Pierre et Claire. Ces prénoms qui rimaient avaient le don de l'agacer. Et leurs enfants qui s'appelaient Édouard et Victoire. Il n'avait jamais rien osé leur dire. Il avait promis à Claire de lui apporter un brillat-savarin.

Chez Barthélemy, il y avait la queue.

Victoire était revenue à Paris pour les vacances de Toussaint. Elle ne resterait pas longtemps. Elle avait été invitée dans les Dolomites. Elle avait des loisirs de riche, fréquentait des gens qui parlaient cinq langues et connaissaient toutes les marques de tequila. Ils ne pouvaient pas lui en vouloir. C'était sa vie, après tout. Au moins, elle ne les embêtait pas avec les dessous de son métier. Londres lui plaisait toujours autant. Elle allait encore déménager : elle ne s'entendait plus avec sa colocataire.

– Elle a dit que William ne venait pas.

Claire était persuadée que ce William était marié, même si elle n'en avait pas discuté avec sa fille.

La seule chose qui intéressait vraiment Victoire était son travail. Les actions qu'elle vendait, les OPA qu'elle lançait. Comment avaient-ils pu fabriquer un spécimen de ce calibre ? Ils ne l'avaient pas élevée comme ça. Ni l'un ni l'autre ne connaissait rien aux chiffres. C'est elle qu'ils auraient dû charger de la vente des éditions. Elle n'avait pas une minute à elle. Son poste était si important que sa société lui offrait son hôtel dans le VIIIe.

Elle sonna trois fois, comme avant. Victoire. Elle était là, avec ses hautes bottes et ses foulards. Elle remonta le couloir et entra dans sa chambre. Elle posa son sac sur le fauteuil en cuir. Le lit était fait. Elle alla dans la salle de bains s'asperger d'eau froide. L'Eurostar avait eu du retard. Elle trouva qu'elle avait une sale gueule.

– On va au Grand Véfour ? dit-elle à ses parents.

Dès la première page, il y avait une scène de fellation. Les protagonistes étaient frère et sœur. L'auteur parlait de « bouche de velours ». Heureusement, le téléphone sonna. C'était Mathieu.

– Tu déjeunes où ?

– Tu ne penses qu'à bouffer.

– Réponds, sinon j'appelle la concurrence.

– À part moi, plus personne ne te supporte.

Pierre avait envie d'un couscous. Rendez-vous fut pris à L'Atlas, boulevard Saint-Germain. Ils avaient réservé une table en terrasse. Mathieu descendit du 63 et traversa dans les clous. Pierre avait déjà commandé une anisette.

– Chaque fois que je me dispute avec Claire, je l'invite ici pour nous réconcilier.

– Et ça marche ?

– Tout le temps. Prends un coup de rosé, va.

La bouteille était dans un seau. De l'eau dégoulina

sur la nappe. Mathieu avait passé la nuit à jouer au poker. Il avait soulagé ses adversaires de plusieurs milliers d'euros. Autour de la partie, il y avait un acteur célèbre, la cheffe d'un restaurant étoilé, un académicien français originaire de Lyon qui était presque le benjamin de sa compagnie, le numéro 2 d'un avionneur.

Le portable de Pierre sonna.

– Claire. Je la prends.

Mathieu tourna la tête pour regarder les arbres. Il fit semblant de ne pas écouter la conversation. Elle fut brève.

– Tu l'aimes, hein ?

– Je n'ai pas le choix.

Pierre leva la main. Mathieu piquait des olives avec un cure-dents. Il y avait aussi des pommes de terre au paprika dans un ravier. Le patron récupéra les menus. Mathieu voulait des merguez, beaucoup de merguez.

– Aucun problème, monsieur. Jamais.

Les arbres vibraient, leurs feuilles comme de petits animaux flairant l'orage. Pierre venait de relire *La Chartreuse de Parme*. Quel repos. Enfin un romancier qui ne rêvait pas du Goncourt. Un détail l'avait frappé, qu'il n'avait pas remarqué jusque-là. Durant la bataille de Waterloo, Stendhal évoque un lieutenant qui est sans doute le père illégitime de Fabrice. Il racontait ça à Mathieu qui laissait tomber des glaçons dans son verre.

– Ça tient en quelques lignes, à peine. Toi, je te connais : tu en aurais fait cinquante pages. Et lui…

– Oh, ça va.

Le garçon leur apporta une part de semoule supplémentaire. Mathieu réclama davantage de harissa.

– On a eu de la chance, quand même.

– Tu trouves ?

– On n'a rien foutu de toute notre vie. Ça n'est pas si mal.

La serveuse avait un pantalon pied-de-poule et un chemisier noir. Elle était beaucoup trop jolie pour continuer à apporter des tajines.

– Le seul défaut que vous ayez, dit Mathieu, c'est qu'on ne peut pas vous inviter à dîner.

Elle écarta les bras en signe d'impuissance.

La veille, Mathieu avait revu *L'Épouvantail* sur une chaîne du câble. Au début du film, les deux vagabonds attendent au bord d'une route déserte et poussiéreuse, balayée par ces buissons qui roulent sur le sol, poussés par le vent.

– Tu sais comment ça s'appelle, ces trucs-là ?

– *Tumbleweed.*

– Et en français ?

– Ça, je ne sais pas. On s'en fout : il n'y en a pas ici.

Une Ferrari de location fit vrombir son moteur. Un chien levait la patte sur un tronc. Sa maîtresse regardait ailleurs.

– Au fond, c'est peut-être vous qui avez eu raison, Claire et toi.

– Tu sais si Ingrid a rencontré quelqu'un ?

Mathieu eut une moue d'ignorance. C'était la fille avec laquelle il était resté le plus longtemps. Il essaya de se rappeler les bonnes choses. Il la revoyait circuler dans son appartement en maillot de bain. Il y avait eu la fois où on lui avait enlevé un ongle incarné. Il y avait eu toutes ces choses minuscules, mais ça l'épuisait d'y repenser.

– Peut-être qu'elle est heureuse. Avec elle, on ne savait jamais.

Mathieu ne se posait pas ce genre de question. Il n'avait pas été la personne qu'il lui fallait, voilà tout. Elle n'avait pas été très bien avec lui, surtout à la fin. Elle avait sûrement vécu dans sa vie des choses qui n'avaient rien à voir avec lui. Qu'est-ce qu'il connaissait d'Ingrid ? Il ne l'avait pas détestée. Il l'oubliait.

– Ça t'arrive de penser à elle ? demanda Pierre.

– De moins en moins. L'autre jour, j'ai vu son vélo attaché à un poteau devant L'Écume des Pages. À une époque, je me serais installé au Flore pour attendre. Là, j'ai continué à marcher. J'ai descendu la rue Saint-Benoît.

– Tu sais que Bastez a habité là ?

– Je sais. Je suis même allé dîner chez lui. Il y avait une journaliste de *L'Express* qui était arrivée complètement saoule. À table, elle n'arrêtait pas de faire tomber sa serviette. Le vieil éditeur qui était à côté d'elle la ramassait à chaque fois en disant : « Je suis là pour ça. » Je me souviens, Ingrid avait dit à un académicien : « C'est idiot ce que vous dites. »

– Ça n'est pas comme ça que tu iras quai Conti.

– On dit quai de Conti.

– Oh là là !

– Je me demande ce que ça me fera quand elle mourra.

Pierre éclata de rire.

– Elle, mourir ? Ça n'est pas son genre.

Mathieu ne pensait plus à elle, non, plus vraiment. Seulement, quand il voyait une vieille Rover grise, il se retrouvait à côté d'elle, sur le siège passager. C'était il y a une éternité. Il repassait dans des rues où il lui était arrivé quelque chose avec elle. Ingrid, oh, cette triste histoire. Ses yeux brillaient d'orgueil et de certitudes. Il regrettait ses gestes souples, naturels. Au lit, au début, c'était tellement bien qu'il se serait cru dans un documentaire animalier. Quand elle enlevait ses lunettes, elle avait déjà l'air nue. Son sourire éclatant n'était pas exempt de banditisme. C'était une femme qui avait eu beaucoup de vies, avec qui il discutait de Philip Larkin, que personne ne connaissait à part Martin Amis, et des seersuckers de chez Anderson and Sheppard. Elle était les six sœurs Mitford à elle toute seule. Elle mettait à son poignet une montre arrêtée. Une des dernières fois, elle lui avait dit, de sa voix de veuve :

– La beauté est une chose très surestimée. Elle n'a qu'un avantage.

– Lequel ?

– Quoi que tu fasses, tu seras toujours pardonnée.

Mathieu n'en était pas aussi sûr. Elle n'avait pas compris que les offres de pardon ne sont valables qu'un nombre limité de fois, pas indéfiniment. Tout cela avait été tiré par les cheveux. Qu'auraient-ils à se dire s'ils se croisaient par hasard ? Peut-être que revoir Ingrid lui aurait donné des envies de meurtre. Son cœur était en pièces détachées.

– Pourquoi supportais-tu tout cela ?

– Quoi ?

– Elle.

Mathieu fit semblant de ne pas comprendre. N'empêche, elle n'avait plus droit à la une de sa vie quotidienne.

Ils parlèrent d'autre chose. Mathieu prit la défense d'un de ses cousins bordelais qui avait terminé un roman. Gallimard avait refusé le manuscrit sans même une lettre circonstanciée. Chez Grasset, ils lui avaient trouvé des qualités, mais leur programme était complet pour les mois à venir. Albin Michel n'avait jamais donné de réponse. Le cousin, qui était chirurgien, commençait à en avoir assez. Il aurait dû embaucher un agent. Quoi ?

Il était trop vieux ? Mathieu compatit et lui expliqua les problèmes que rencontraient aussi les auteurs déjà publiés. Avec les sites spécialisés, les éditeurs pouvaient vérifier les ventes des livres précédents. Plus moyen de leur bourrer le mou.

– Il est comment, le bouquin ?

– Tu crois que je l'ai lu ?

Pierre secoua la tête. Il aurait pu s'y attendre. Vouloir que Mathieu lise un livre, c'était comme demander à une pute d'avoir un orgasme. Mathieu se leva. Il prenait des diurétiques. Au cinéma, il s'asseyait en bout de rangée. Il faudrait que le médecin renouvelle son ordonnance. L'âge, avec ses fragilités, n'était plus un mot appris dans les livres. Pierre repensa à son père qui avait une petite boîte en plastique avec des cases renfermant tous ses médicaments. Il y en avait tellement qu'il gardait sur lui la liste avec les heures où il devait les avaler.

Ces déjeuners n'avaient pas de fin. Pendant dix ans, Mathieu et lui n'avaient pas dessaoulé. Comment avaient-ils réussi à travailler en buvant autant ? C'était en 1980 et quelque. Entretemps, il y avait eu la quarantaine, puis la cinquantaine, des mariages partis en fumée, Paris avec sa poussière d'espoirs déçus. Mais c'était la jeunesse, leur jeunesse sabordée. Elle avait quelque chose de doré. Ils étaient plus ou moins amoureux d'Isabelle Adjani et de Caroline de Monaco. Pierre reprochait à Mathieu d'avoir voté Mitterrand. D'abord,

Mathieu avait nié. Maintenant, il prétendait avoir suivi les consignes de Chirac. Dans une autre version, il avait couché avec une nièce du président socialiste. Un récit de dîner au Pactole venait à l'appui de cette affirmation. Pierre n'en croyait pas un mot.

– À propos, je ne t'ai pas présenté Solange ?

– Bah non, dit Pierre qui n'avait pas la moindre idée de qui il s'agissait.

Donc, Mathieu avait encore changé. À force, Pierre ne savait plus quoi lui dire. Comment s'appelait la précédente, déjà ? Chloé ? Zoé ? Chloé, c'était ça. À son âge, elle n'aurait pas dû porter des jupes aussi courtes.

– Elle est à Séville. J'ai hâte qu'elle revienne. Je n'ai pas baisé depuis quinze jours.

– Comment fais-tu, obsédé comme tu es ?

Mathieu mima le geste de la masturbation.

– Ça n'est pas pareil.

– Non, dit-il, c'est mieux !

– Chut, dit Pierre.

Leur nouvelle hantise était de déconner et qu'un voisin les filme avec son portable pour balancer ça sur les réseaux sociaux. Pierre regarda autour de lui. Aucun appareil n'était en vue.

L'âge avait fait son œuvre. Ils s'étaient empâtés. Mathieu souffrait de la goutte ; Pierre avait un double menton. Ils étaient devenus deux sexagénaires grassouillets.

– Tu sais à quoi je pensais ?

– Oui, dit Pierre. Je sais.

– Il est temps de prendre un petit digestif, non ? Prune ?

Ils étaient les derniers clients.

Mathieu voulait un autre verre. Pierre ne l'accompagna pas. Le lendemain, une fille venait le prendre en photo pour un sujet sur la rentrée. Au téléphone, elle avait un accent anglais. Il avait intérêt à être en forme. Ils n'avaient plus vingt ans.

Claire sortait de la salle de bains. Elle était toute nue, une serviette nouée sur les cheveux. Pierre ne put s'empêcher de la regarder. Elle était toujours belle. À une époque, il se serait approché d'elle et aurait défait la serviette qu'elle avait sur la tête. Au lieu de ça, il lui demanda de l'aider à attacher ses boutons de manchette. Il était assis sur le lit et ses yeux étaient à la hauteur du pubis de Claire. Pubis, qu'est-ce que c'était que ce mot ? Dans le manuscrit d'un de ses auteurs, il l'aurait barré aussitôt. Sa peau sentait le gel de douche, une odeur vaguement mentholée. À la radio, l'animatrice parlait du « principe de désir ». Elle éteignit.

Il se souvint qu'au moment où il l'avait rencontrée, les Parisiennes portaient des jupes-culottes et que cette mode était vraiment atroce. Il avait souri et elle avait aussitôt remarqué qu'il avait deux dents inversées, en haut. Elle lui avait demandé d'ouvrir un peu la bouche et avait passé le doigt sur les incisives concernées. Personne ne s'était jamais aperçu de ça. Ce soir-là, il s'était scruté dans la glace en écartant les lèvres. En plus d'être blonde, cette fille voyait tout. Il l'avait repérée d'emblée, à ce dîner rue d'Assas. De la grâce. Beaucoup de grâce. Sans doute un beau squelette. Elle s'étonna qu'il s'intéresse autant à elle. Elle se sentait observée, admirée. Elle avait un sourire de trois kilomètres. Elle s'accroupit à côté de lui. Sa robe moulait un genou bleu. D'une main, il écarta la mèche qui lui barrait le front. Une semaine plus tard, il l'avait invitée à une avant-première de Woody Allen. C'était une offre impossible à refuser. Il lui avait apporté un roman traduit de l'italien. Elle n'avait pas osé lui dire qu'elle l'avait déjà lu. Bien plus tard, elle lui avouerait la chose. S'il avait su ça, il aurait compris plus vite qu'elle était amoureuse de lui. De son côté, c'était déjà fait. Il y avait eu la période où tous les hommes lui paraissaient des rivaux. Il faut dire qu'il n'en revenait pas d'être avec une femme comme Claire. C'était une vraie Parisienne. Elle n'avait aucun sens de l'orientation. Elle se perdait dans son propre quartier. Elle avait appartenu au Caca's Club. Elle dansait le twist, que plus personne ne dansait. Elle ne prenait pas la peine de se présenter au téléphone, certaine que le monde entier reconnaissait sa voix. Il lui arrivait de commencer la conversation par un « C'est moi » assez catégorique. Il ne pouvait pas croire que les autres n'avaient pas envie de sauter sur elle. Il avait toujours trouvé que Claire était d'une beauté inhumaine. Elle en savait beaucoup plus que lui sur la douceur. La première fois, avec elle, il s'était attendu à du moelleux. Son corps était dur, sa peau tendue comme un canot pneumatique gonflé à bloc. Il avait la sensation de rebondir dessus. Il suffoquait en elle. Chacune de ces secondes était éternelle, comme si tout se passait dans un fond marin. Toute la nuit. Claire était là. Sa voix brisée murmurait dans le noir. Ils ne se quittaient pas. Très vite, on ne les invita plus l'un sans l'autre. Le mariage leur pendait au nez. L'idée leur plaisait dans ce milieu où les couples se défaisaient à la vitesse d'un ex-maoïste se jetant sur un ministère. Quand il lui avait demandé sa main, elle avait aussitôt appelé ses parents. C'était oui. Être le mari de Claire continuait à le combler. Sans elle, il n'aurait jamais rien fait de bien. La cérémonie avait eu lieu un après-midi torride de juin. À la mairie, Mathieu était en retard. C'est lui qui s'était occupé des alliances. Claire eut peur de changer d'avis. Pierre ne réfléchit pas. Le maire se trompa dans les prénoms. Ils s'embrassèrent devant les témoins. Les parents, enchantés. Elle était si belle ; ils étaient tellement jeunes. Le soir, ils dînèrent aux Halles dans une boîte de nuit qui n'existe plus aujourd'hui. Un orchestre de gitans vint jouer à leur table. Ils descendirent au sous-sol s'agiter sur la piste. Ils dormirent au Meurice, dans une chambre du dernier étage, virent le jour se lever sur les Tuileries. Claire aurait préféré avoir la suite de Dalí. Le matin, elle se réveilla en disant :

– Tu imagines ? Si on a fait des jumeaux ?

Leur voyage de noces avait eu pour destination Lisbonne. C'était en avril. Ils descendirent à l'hôtel Tivoli parce que c'était l'endroit où Truffaut avait situé une partie de *La Peau douce*. Le premier soir, comme Jean Desailly dans le film, Pierre alluma toutes les lampes de la chambre. Dans la salle de bains, la chasse d'eau fonctionnait mal. Ils n'osaient pas aller aux toilettes. Cela se termina par des portes fermées et des fous rires. Claire mettait le son de la télévision au maximum. Ses longues jambes dépassaient du peignoir. Elle avait essayé de partir avec. C'était sa manie, dans les hôtels. Elle disait que ça serait un souvenir. Elle avait de petits gestes possessifs avec lui, traduisant toute l'autosatisfaction des amoureux récents. Elle disait : « Je suis très forte pour ne penser à rien. » Étant gauchère, elle écrivait le bras recourbé sur sa feuille, comme si elle empêchait son voisin de copier pendant un examen. Il avait emporté un volume des poèmes de Cavafy au lieu de prendre Pessoa. Ils étaient retournés à Lisbonne l'an dernier. La ville avait conservé son charme, cette façon nonchalante de tourner le dos à un continent entier. Les boutiques de luxe proliféraient, comme dans toutes les capitales. Une chaîne de vêtements remplaçait désormais l'ancien cinéma, l'Eden Teatro, avenue de la

Liberdade. Ils prirent des taxis noirs. Pierre se fit raser par un barbier au physique de danseur de tango qui avait des tatouages sur le cou et une fine moustache. Ils visitèrent l'aquarium qui montrait des espèces de poissons parfaitement inconnues et le zoo où le téléphérique était en panne.

Ils n'avaient d'ailleurs jamais réussi à prendre celui qui survole le port de Barcelone. À chaque fois, il y avait un problème, des travaux, des horaires qui ne convenaient pas. Dans *Profession : reporter*, Jack Nicholson se penche par la fenêtre de ce téléphérique et agite les bras comme un oiseau. En bas, c'était la mer, tout en bas. La prochaine fois qu'ils iraient là-bas voir Édouard, ils lui demanderaient de leur organiser ça. Il faudrait aussi qu'il les emmène dans ce restaurant qui s'appelait Bodega 1900.

Ils n'étaient quand même pas les seuls dans Paris à ne pas avoir d'aventures. Leur fidélité faisait d'eux des originaux. Les tromperies de leurs amis leur paraissaient banales. Quelle barbe ! Il valait mieux cultiver le fameux romantisme de l'amour conjugal. Parfois, leur but était de figurer dans le Guinness Book des records, de devenir le couple marié depuis le plus de temps en France.

Au lit, ils ne se lassaient pas de se retrouver. Ils étaient les mêmes et à chaque fois différents. Elle poussait de petits râles qui l'échauffaient. Ils continuaient à rire, après, entre les draps. Leurs gestes conservaient de la pureté et de l'ardeur. Cette sensation de sécurité les excitait. Ils ne se lassaient pas de leur heureuse innocence. Claire se moquait de Pierre et de son pyjama qui s'entortillait sur ses cuisses. La maison était un refuge. Les enfants avaient été leur récompense.

Autour d'eux, les gens divorçaient. Il y avait des larmes et des procès. Il était question d'argent. Les mensonges nourrissaient une haine nouvelle. Au secours.

– Il y a des lapins, à Paris ? demanda-t-elle.

– Tu n'as pas vu tous ceux qu'il y a sur la pelouse au milieu de la porte Maillot ?

– C'est vrai qu'on n'en voit plus le long des pistes, à Roissy. Avant, on pouvait les compter en regardant par le hublot avant de décoller.

– C'est comme les moineaux, dit Pierre. Où sont passés les moineaux ? Tu te rappelles, il était impossible de commander un petit déjeuner à la terrasse d'un café sans qu'ils se précipitent pour se jeter sur les miettes de croissant. Leur culot était phénoménal. Qu'est-ce qui les a éliminés ?

– Il y a des moineaux à New York ?

Pourquoi parlait-elle de New York ? Il mourait d'envie d'y retourner. La dernière fois, il avait été malade comme un chien. La fièvre était montée à 40. Il avait vomi tripes et boyaux, s'était vidé par tous les orifices. Le médecin de l'hôtel, un escroc ruineux, avait diagnostiqué une pneumonie. Tu parles. Pierre n'avait jamais compris si c'était un hamburger ou le demi-homard du déjeuner qui n'était pas passé.

Claire n'avait jamais su se maquiller. Ce détail touchait Pierre. Il aimait même les altérations de sa beauté. Elle se mettait du bleu au coin des yeux. Le résultat était bizarre, vaguement égyptien. Elle avait bien d'autres défauts, heureusement. Elle surgissait de la salle de bains comme une équipe de rugby sortant du vestiaire.

Il la regardait et il se disait qu'il l'aimait. C'était bête comme tout. Ensemble ils n'avaient plus connu la solitude. Il ne se souvenait pas de s'être ennuyé une seule seconde avec elle. Il s'agissait d'un don du ciel. Elle connaissait un tas de trucs essentiels, savait qu'il ne fallait saler l'eau des pâtes qu'à l'instant où elle commençait à bouillir, que les dents se brossent de haut en bas, et non de droite à gauche, que le bois de pin encrasse les cheminées, que Cary Grant n'est mort dans aucun de ses films et qu'au Florian il faut compter six euros de supplément lorsque le pianiste joue. Avec elle, la vie avait d'autres couleurs. Pierre s'étonnait sans cesse qu'elle soit là, à ses côtés. Ce prototype, cet exemplaire unique, ce brevet à déposer. Claire, petite Française. Elle continuait à lui faire un bien fou. La vie avant Claire ne comptait pas. Elle l'avait construit, façonné. Il n'aurait jamais cru cela possible. Elle s'endormait en lisant *Le Monde*. Le mercredi, ils essayaient de résoudre les contrepèteries du *Canard enchaîné*. Il admirait la finesse de sa nuque, l'arrondi de ses épaules. Il avait fallu des millénaires de civilisation pour parvenir à ce résultat. Les années communes avaient glissé sur eux. Ils étaient d'accord sur tout. Parfois, cela l'effrayait. Il y avait là-dedans quelque chose de pas normal. Elle voulait aller à New York, il achetait des billets, réservait une chambre à l'Algonquin. Ils aimaient les mêmes restaurants. Certains jours, ils se retrouvaient par hasard à des tables différentes, s'adressaient de petits signes de loin. Peut-être qu'ils commandaient les mêmes plats. Elle lui choisissait ses cravates. Il devinait quels bijoux lui plaisaient, connaissait ses boutiques favorites de la rue des Saints-Pères. Ils votaient sûrement pareil. Il n'en revenait pas d'avoir épousé la femme qui était faite pour lui.

Claire se retourna, en brandissant sa brosse à cheveux.

– À quoi tu penses ?

– Moi ? Je pensais à toi.

– Menteur !

Pourquoi pas ? Mathieu voulait écrire une pièce pour cette actrice qu'il avait rencontrée à une émission de télévision, un soir, à Neuilly. Elle lui avait demandé :

– Est-ce que vous pensez que je suis riche ?

Elle portait un nom très français, du Sud-Ouest. Il la raccompagna en taxi. Elle voulut descendre avant la destination finale.

– J'ai envie de marcher.

Comme ça, il ne saurait pas où elle habitait exactement. Il régla le chauffeur et monta chez lui. Il se coucha avec un livre qu'il referma très vite.

Depuis, chaque nuit, il écrivait sa pièce, lui qui ne mettait jamais les pieds au théâtre.

Pierre n'en parlait pas trop à Claire, mais les affaires allaient mal. Aucun des trois romans de la rentrée ne marchait vraiment. Il y avait bien *Les Kamikazes*. On avait retiré à trois mille. Au bout du compte, on arriverait à un petit quinze mille. Ça n'était pas le bout du monde. Il se fichait des prix littéraires. Il croyait à la chance et au hasard. Il y avait vingt ans, la maison, qui était au bord de la faillite, avait été sauvée par un recueil de nouvelles qui avait été refusé par onze éditeurs. Personne ne lisait de nouvelles : le refrain était connu. Résultat : trois cent mille exemplaires. Pendant des années, les Épées n'avaient plus eu de souci à se faire.

Pierre devait beaucoup à une inconnue.

Pierre avait tout de suite dit banco à *J'ai fait des enfants dans tous les pays*. Cécile Costa racontait qu'elle avait été caissière au Monoprix de la rue de Rennes.

L'anecdote était inventée. Le succès avait été mondial. « C'est inouï, disait-elle. Je suis traduite dans des langues dont j'ignorais jusqu'à l'existence. »

Ensuite, le parcours prévisible. Divorce d'avec le mari kinésithérapeute à Châteaudun, adaptation au cinéma (le film était raté), liaison avec un marchand de biens, suicide de la fille aînée (sixième étage), lifting.

C'était leur vie. Ils allaient au cinéma. Ils dînaient au restaurant. Les week-ends, ils filaient à la campagne (Perche). Les enfants voulaient inviter des copains. Ils avaient même réclamé un chien. Là-dessus, Claire était catégorique. C'était non. Pierre avait failli céder. Édouard faisait la tête douze secondes et demie. Victoire disait : « Bon, alors un chat. » Ils leur demandèrent de se taire. Il n'en était pas question. Ç'avait déjà été tout un drame quand ils avaient perdu leur poisson rouge. Les copains ne mouftaient pas. Victoire leur raconta que, lorsqu'elle était petite, elle avait eu un griffon, en Dordogne. Manitoba avait été écrasé par un poids lourd. Quand ils donnaient une soirée, les enfants faisaient leur apparition avec leur mère, radieuse dans sa jupe bleu marine. Édouard et Victoire étaient déjà en robe de chambre, Édouard les cheveux bien peignés, sa sœur avec un livre sous le bras. Ils saluaient l'assemblée. Tout le monde s'extasiait sur leur politesse.

Comme ils étaient mignons. « Je veux les mêmes », disaient les dames. Victoire passait une main sur sa joue. Édouard volait des biscuits salés, en pensant que personne ne le remarquait dans son pyjama au pantalon trop court. Claire tapait dans ses mains.

– Allez zou, au lit !

Ils obéissaient. On les voyait disparaître dans le couloir. Ils dormaient dans des lits superposés. Édouard avait choisi celui du haut.

Plus tard, Claire inscrivit Victoire à la Légion d'honneur. Du coup, son frère voulut aussi aller en pension. À cause d'eux, ils s'étaient relevés la nuit, avaient marché pieds nus dans le noir sur des pièces de Lego, avaient passé des soirées entières aux urgences des Enfants-Malades. Comme il était très lâche, Pierre laissait Claire aller aux réunions de parents d'élèves. Quand elle rentrait, son humeur était massacrante. Édouard et Victoire se brossaient les dents ensemble, se disputant le robinet du lavabo pour se rincer la bouche, leurs fronts se cognant. Les yeux de Victoire n'avaient pas le même bleu que ceux de son frère. Elle avait une cicatrice en forme de point d'exclamation sur la tempe dont Édouard était jaloux.

« La seule chose que m'a apprise papa, c'est à faire sauter les bouchons de champagne. »

Édouard, c'était autre chose. À cinq ans, un week-end où Pierre ne s'était pas rasé, il s'était inquiété des poils blancs dans sa barbe.

– Je ne veux pas que tu meures, jamais.

Déjà. C'est ce qu'ils avaient pensé tous les deux. Les enfants étaient partis ensemble de la maison. D'abord, Édouard et Victoire avaient partagé un deux-pièces sous les toits rue Amélie. Ça n'avait pas duré, Victoire trouvant que son frère se levait trop tard et laissait la cuisine dans un état épouvantable. D'ailleurs, Édouard continuait à rapporter son linge à sa mère le week-end. Claire lui passait tout. Ensuite, il s'installa chez une amie dans l'île Saint-Louis, un rez-de-chaussée sur cour. Sa sœur revint sur la rive gauche, prit un studio du côté de Maubert, avant de s'exiler à Londres où elle avait un travail et un fiancé.

Édouard avait gardé la manie de téléphoner pendant le dîner. Cela exaspérait son père. Sa sonnerie imitait le bruit des cloches. Sa sœur, c'était un ronflement de moteur. Elle faisait un stage au ministère des DOM-TOM. Elle expliqua que désormais on ne disait plus la métropole. Il fallait parler d'Hexagone. Pierre était un peu désespéré de la voir adopter ce langage d'énarque.

Ils étaient si différents. Claire ne savait pas lequel elle aimait le plus. Quand ils étaient petits, elle avait tellement d'amour à leur donner qu'il n'en restait presque plus pour Pierre. Édouard était plus petit que sa sœur.

« Le nain », elle l'appelait comme ça. Il lui sautait dessus. Leurs bagarres se terminaient en larmes ou en rigolades. Souvent, Pierre était obligé d'intervenir. Édouard prenait le judo très au sérieux. Il voulait même dormir avec son kimono. Victoire, c'était la danse. Claire l'avait emmenée dans ce cours, au bout de la rue de Varenne. Ces activités n'eurent qu'un temps. D'autres vocations surgirent. En terminale, Édouard parlait tellement vite qu'il boulait la fin de ses phrases. On n'y comprenait rien.

– Répète, lui disait sa mère. Et ça veut être acteur !

À Assas, Victoire défendait des théories communistes. Leurs enfants n'étaient pas tristes.

Aujourd'hui, ils avaient transformé la chambre d'Édouard en bureau. Ils gardaient celle de Victoire pour les amis de passage. Ils étaient de vieux parents. L'appartement était trop grand pour eux. Ils n'allaient plus beaucoup dans le Perche.

Le bar se remplissait lentement. Elle but une gorgée. L'alcool intensifia les secondes. Il n'y avait pas encore beaucoup de clients. Ils avaient tous l'air d'attendre quelqu'un. Claire était la seule à ne pas avoir de rendez-vous. Ça avait été une erreur de s'asseoir à cette table. Elle aurait dû rester au comptoir, perchée sur un de ces hauts tabourets de cuir rembourrés. Des olives sommeillaient dans une coupelle, un cure-dent planté dans leur chair comme des taureaux criblés de banderilles à la fin d'une corrida. Des types en costume arrivaient de leur bureau. Les chopes de bière s'alignaient sur le zinc. Claire feuilleta le menu, détailla la liste des cocktails, eut envie d'un club sandwich qu'elle renonça à commander. C'était un de ces moments où, elle ne savait pas pourquoi, elle se disait que Paris était une ville merveilleuse. L'endroit aurait plu à Pierre. Il faudrait qu'ils y retournent ensemble.

Ça commençait à bien faire. Tout le monde le bassinait avec ça. L'Académie, l'Académie, ils n'avaient que ce mot à la bouche. Wetz venait encore de lui téléphoner pour lui parler de ça. Un siège était libre. Il fallait foncer. Il était marrant, Wetz. Ça n'est pas lui qui aurait l'air ridicule. Le fait est que Mathieu avait l'âge. Parfois, le soir, il calculait dans sa tête le nombre de voix qu'il aurait s'il se présentait. Le jeu l'amusait. Le résultat n'était pas terrible. Les visites étaient ce qui l'embêtait le plus. La lettre, encore, il y avait moyen de s'en sortir. Deux-trois compliments, un coup d'œil sur Wikipédia, le tour était joué. Mais aller sonner chez toutes ces sommités, trouver leur thé ou leur whisky délicieux, les enrober de questions sur leur œuvre qu'il n'avait pas toujours lue, c'était au-dessus de ses forces. Il ne tenait pas assez à l'habit vert pour supporter un échec de ce côté. Et puis faire l'éloge des livres de ce pauvre Maréchal serait mission impossible, si jamais il était élu. Non, la part corrompue de sa personnalité l'aurait plutôt incliné à se porter candidat au jury Goncourt. D'abord, les réunions se passaient au restaurant. Les éditeurs étaient à vos pieds. Ça n'était plus ce que c'était, mais les à-valoir pleuvaient. Il y avait aussi le Renaudot, à défaut. Qu'il cesse de rêver : il avait dit du mal de trop de gens pour être élu où que ce soit. Il continuerait à jouer les purs, à faire semblant de mépriser ces comédies. D'ailleurs, si ses ventes avaient été plus importantes, il aurait arrêté d'écrire.

Il repensa à Ingrid.

Allons bon. Cinq cents pages, quand même. Que faire de ce paquet ? Pierre soupesait le tas de feuillets. Cette actrice avait rédigé ses Mémoires. Ce n'était ni fait ni à faire. La diva refusait de prendre un nègre pour l'aider.

Quel métier. Par la porte ouverte, la standardiste faisait des moulinets désespérés qui lui étaient visiblement destinés. Message reçu : il comprit que c'était encore la banque. Oui, oui, il rappellerait.

Claire reprit du tiramisu. Ils dînaient dans la cuisine en écoutant *Le Masque et la Plume*. Pierre était rarement d'accord avec les intervenants. Il avait publié un recueil d'articles de l'un d'eux. Ils n'en avaient pas vendu des tonnes. Quand elle avait vu le film dont il était question, Claire ajoutait ses commentaires.

– Chut ! disait Pierre.

Elle lui répondait qu'il pouvait réécouter l'émission en podcast.

– Qu'est-ce que c'est que ça ?

La nuit s'étendait comme un manteau noir. Pierre débarrassait. Il collait son nez à la vitre au-dessus de l'évier.

– Viens voir, dit-il à Claire. Il est toujours là.

Sur une terrasse de l'immeuble en vis-à-vis, un homme dégarni en veste de chasse lisait dans un fauteuil. Été comme hiver, il était fidèle au poste, à moitié dans le noir, un lampadaire planté à sa gauche, un seau à glace contenant une bouteille de ce qui était apparemment du vin blanc. Il restait là des heures, plongé dans son roman, en solitaire, remplissant son verre à intervalles réguliers. Souvent, Pierre avait envie de l'appeler, pour lui demander le titre de son livre. Claire était persuadé qu'il s'agissait d'un Anglais. Pourquoi ?

– Il n'a jamais froid.

Après, ils regarderaient au lit un dvd qu'ils choisissaient à tour de rôle. Claire s'endormait toujours avant la fin. Très vite, elle lui demandait de baisser le son. Parfois, elle ronflait doucement. Il lui donnait de petits coups de coude.

Victoire revint à la maison, mais le motif de sa séparation ne fut jamais abordé. Elle parlait trop vite, touchait à peine à son assiette, téléphonait à son frère pendant des heures, regardait des séries sur son ordinateur toute la nuit. À ses parents, elle ne disait rien. Claire était désolée.

– Fais quelque chose. C'est ta fille aussi.

Pauvre Victoire. Qu'est-ce qu'il pouvait faire ? La plupart de ses affaires étaient rassemblées dans des cartons qui s'entassaient dans sa chambre. Elle ne retrouvait pas son manteau en poil de chameau. Cela fit un drame, comme si la responsabilité leur en revenait. Elle se rappela les caprices qu'elle s'offrait, enfant. Il y avait eu cette fois où elle n'avait plus voulu aller à l'école. Elle était en CM1.

– Qu'est-ce qui se passe ? Tu as eu de mauvaises notes ?

Elle renifla et dit :

– Je suis la seule de ma classe à avoir des parents qui n'ont pas divorcé.

Ils donnaient le mauvais exemple.

Pierre était sûr qu'elle pleurait en cachette. Ce William était un petit con. Il n'avait jamais pu le sentir. L'époque avait quelque chose de fébrile, de troublé. Victoire apprenait la vie. C'était ça, grandir. Pierre n'en revenait pas de la chance qu'il avait eue, avec Claire. Pendant une seconde, il se demanda ce qu'il aurait fait si Claire l'avait quitté. Il aurait été perdu.

Contrairement à ce que croyait son épouse, il ne pensait pas que Victoire avait un nouveau petit ami. Sinon, elle serait restée à Londres. Elle proposa de travailler avec eux. Pierre était contre. Victoire eut un argument de choc : elle avait trouvé un investisseur pour sauver les éditions. Le milliardaire lui avait dit : « Sinon, je m'achète une écurie de formule 1. » Pierre déclina l'offre. Que le nabab s'occupe de ses bolides.

Claire préparait des paupiettes. C'était une des rares recettes qu'elle tenait de sa mère.

– Tu veux une sauce basquaise ?

Pierre n'avait pas d'idée. À midi, il avait un peu forcé sur le chablis. Son mal de tête persistait depuis le dessert. Après chaque restaurant, il se demandait s'il n'était pas en train de devenir alcoolique. Pourtant, il ne buvait jamais quand il était seul. « Mais tu n'es jamais seul », disait Claire.

Il y avait en entrée des rillettes de bœuf. Pierre ne savait même pas que ça existait.

– Je ne sais pas ce que j'ai, dit Victoire. Je me sens limite déprimée.

– Ça ferait un bon titre.

Claire ne dormait pas. Elle scrutait les chiffres lumineux du réveil qui se reflétaient au plafond. 2 : 17.

Elle s'inquiétait pour Pierre. Il ne disait rien, mais elle sentait bien que quelque chose n'allait pas. Les Épées étaient mal en point. Ils avaient le comptable sur le dos. Delbert les pressait d'accepter l'offre du groupe Carthago. Aucun titre de la maison n'avait figuré dans les meilleures ventes depuis des mois. Il fallait remonter à *Une semaine d'avril* pour trouver un livre qui avait remboursé son à-valoir. Ça ne datait pas d'hier. Quant aux prix, inutile d'y penser. Il y avait eu trop de poids lourds face à eux. Pierre avait été idiot de déclarer au *Point* : « Je méprise le Goncourt et tutti quanti. » Certains auteurs avaient aussitôt menacé de partir.

À côté d'elle, Pierre respirait régulièrement. C'était presque un léger ronflement. Elle se leva sans faire de bruit, enfila un peignoir dans le noir et se dirigea vers la cuisine sans allumer le couloir. Dans le frigo, il y avait un reste de mousse au chocolat. Elle le termina avec une cuillère à soupe. Le carrelage était froid sous ses pieds nus.

Elle retourna se coucher. Pierre grogna dans son sommeil. Demain, elle parlerait à Victoire.

Le corbillard était garé, hayon ouvert, devant l'église Saint-Germain-des-Prés. Les employés des pompes funèbres, en costume aussi noir que la carrosserie, fumaient, appuyés contre l'aile avant. Pierre et Claire s'assirent au fond. Aucune femme ne pleurait. Un ancien nouveau philosophe s'était chargé du discours qui commençait ainsi :

– On l'entendait rire de loin. Sa mort va faire encore plus de bruit.

Deglèze avait été une figure du milieu. Dans les années quatre-vingt, sa maison avait raflé la plupart des prix littéraires. Il s'était retiré dans sa villa de Collioure au milieu des vignes. Son rosé était convenable, un peu cher mais convenable. Mathieu était arrivé en retard. Pierre lui jeta un regard de reproche. Là-bas, dans son manteau au col relevé, le philosophe devenait lyrique :

– Accrochés que nous sommes à nos admirations, à peine dépités par nos amours perdues…

La semaine suivante, son texte se retrouverait dans les pages d'un hebdomadaire. Un romancier bronzé à la lampe lui succéda au micro. Sanders en était à son vingtième roman. Il l'aurait, son petit Goncourt. Mathieu rouspétait parce qu'on n'arrêtait pas de se lever et de se rasseoir. Sur les marches, le cercueil avait été applaudi.

Claire était sortie avant eux. Ils la rejoignirent au Bonaparte. Malgré sa cravate, Mathieu n'avait pas fermé le col de sa chemise.

– Elles rétrécissent, les Brooks Brothers.

– Tu parles, dit Claire. Tu as grossi, oui.

Mathieu fit semblant de ne pas avoir entendu. Ils commandèrent des kirs, comme des étudiants.

En face des Deux-Magots, la foule se dispersait. C'était l'hiver. Il n'en finissait pas. L'inhumation aurait lieu dans les Pyrénées-Orientales.

– Quand je pense que ce salaud ne m'a jamais signé un contrat ! dit Mathieu.

– Amen, dit Pierre.

Claire suivit du regard le corbillard qui se dirigeait maintenant vers la Seine.

– C'était le dernier, dit-elle.

« Une brume de chaleur saupoudrait l'horizon. » C'était la première phrase. Pierre referma le manuscrit. Inutile d'aller plus loin.

Mathieu avait organisé un festival dans un cinéma de la rue Christine. Il n'avait programmé que des films se passant dans un hôtel. La liste comprenait *Psychose*, *Youth*, *Shining*, *Le Silence*, *Lost in Translation*, *The Grand Budapest Hotel*. Pierre et Claire y allèrent le vendredi soir. On donnait *L'Hôtel de la plage*. Ils ne l'avaient pas vu depuis sa sortie. Cela les amusa parce qu'ils s'étaient rendus plusieurs fois dans cet établissement de Locquirec qui avait été refait. Ça n'était plus la charmante pension de famille où les papas reluquaient les filles des voisins. Mathieu se fendit d'un petit speech. Il n'oublia pas de rendre hommage à Michel Lang qu'il jugeait supérieur à Fritz, de saluer la mémoire de Daniel

Ceccaldi, d'évoquer *À nous les petites Anglaises*. Dans le public, il n'y avait que des jeunes.

Claire devait faire quelques courses et tourna à droite pour descendre la rue Bonaparte. Elle poussa la porte de la boutique à côté de chez Pierre Hermé. Il n'y avait pas sa taille.

Il était en avance. Il aimait bien faire ça : il avait l'impression que le restaurant était à lui. À la table voisine, deux couples discutaient d'une salle de bains, ce que cela coûterait de la refaire. Il était question de 25 000 euros. Une des dames disait à son mari :

– Tu veux aller aux toilettes ?

Scènes de la vie conjugale. Mathieu s'était évité ça. Un portable avait la même sonnerie que le sien. Il hésita à commander un verre de vin blanc, se rabattit sur une eau gazeuse. Pas question, pour ce premier déjeuner, de passer pour un alcoolique. Au téléphone, la voix de la fille lui avait plu. Elle voulait l'interviewer pour un hebdomadaire féminin. Il proposa un déjeuner. Exprès, il n'avait pas choisi Lipp. Tout le monde les aurait vus.

La fille préféra du pic-saint-loup. Le service était d'une lenteur désespérante. Pourquoi *Le Figaro* avait-il encensé cette adresse ? Tout était snob et prétentieux.

Les assiettes triangulaires, l'intitulé des plats, les verres au pied interminable. Des Russes parlaient trop fort, comme toujours les Russes. Des Américains éclataient de leur gros rire. La fille avait lu le livre. Ses questions étaient précises, pointues. Il se laissa inviter.

– Vous savez que vous avez la même voix que Delphine Seyrig ?

– Qui ça ?

Jim Mahoney adorait Paris. Cet auteur texan figurait au catalogue des Épées depuis son premier roman. Il était resté fidèle. Pierre l'avait logé à l'Hôtel de l'Abbaye. Les dîners avec cet Américain étaient ruineux. Il voulait toujours aller chez L'Ami Louis. C'était un restaurant avec des nappes à carreaux et des serveurs trop empressés. Jim insista pour visiter la cave. C'est lui qui sélectionna les vins : un meursault pour démarrer et ensuite un magnum de Talbot 1995.

– Bon choix, dit Claire qui fit sa connaisseuse.

– Mon éditeur new-yorkais est tellement radin qu'au restaurant il prétend que le bourgogne lui est déconseillé à cause de sa goutte. Il prend du sancerre rouge alors que c'est le même cépage.

À une table un peu éloignée, il y avait un directeur de journal avec lequel Pierre était fâché. Ils firent semblant de ne pas se voir.

Jim avait été un des premiers à tester le Viagra.

– Alors ?

– J'ai ressenti une légère amertume dans la bouche.

Les entrées arrivèrent. Jim sautait de l'anglais au français. Il fut question de ses divorces.

– Sur les chèques que je signe à mes ex-femmes, il y a encore plus de zéros que sur mes bulletins scolaires.

Après, ils durent l'emmener chez Castel. Pierre se souvint d'avoir fêté son quarantième anniversaire au restaurant du deuxième étage. Autour de la table, il n'y avait que des gens qu'ils ne voyaient plus. Les Grandet s'étaient établis en Australie. Ambroise s'était fâché, une sombre histoire de taxi. Adolphe était mort. Ils étaient descendus au sous-sol et avaient dansé sur les banquettes.

Claire bâillait.

– Quand j'entends cette musique, j'ai l'impression d'avoir quatre-vingt-huit ans.

Elle les laissa et ils finirent dans une boîte de la rue du Sabot où les barmen étaient déguisés en Père Noël. L'endroit était presque vide. L'Américain rentra à pied à son hôtel.

– Vous n'oubliez pas, Jim. Demain, dédicace à L'Écume des Pages.

Mahoney leva les bras sans se retourner. Ce vieux salaud titubait à peine.

Là, il n'allait pas remercier Pierre. Il avait fallu se lever à cinq heures du matin, pour l'avion. Mathieu était allé signer ses livres dans une station des Alpes autrichiennes. C'était le premier week-end de la saison. La neige n'était pas suffisamment tombée. Seules quelques pistes étaient ouvertes. L'organisateur de l'événement était venu le chercher à l'aéroport. Ils déjeunèrent sur la terrasse de l'hôtel, au soleil. On lui avait donné la plus grande suite. Le garçon en gilet vert et nœud papillon leur apporta des bières au nom imprononçable. Ensuite, le patron leur fit goûter un vin blanc presque pétillant que sa famille produisait depuis le XIXe siècle. « Schloss Gobelsburg ! » dit-il en levant l'index. Il fermait les yeux quand il buvait. Le dessert était aussi compliqué que son nom, Kaiserschmarrn, une tourte aux fruits rouges. Quel temps ! Les skieurs ôtaient leur anorak.

L'après-midi, Mathieu lut sur le balcon. Des gouttes

tombaient du toit. De minces ruisseaux dévalaient la colline. La piscine était à moitié en plein air. Dehors, un fin brouillard nappait la surface. Après la sieste, il chercha en vain à acheter les journaux français. Un monsieur en loden entrait dans l'église. Mathieu n'avait pas vu ce manteau depuis les années quatre-vingt à Assas.

C'était l'heure de la dédicace. Il avait bien fait de dormir un peu. Une famille en tenue traditionnelle sortit de l'ascenseur. Dans le hall trônait un bouquetin empaillé, avec son regard vide et ses longues cornes brunes.

Il signait *Die Faulen* avec sa couverture grise à rabat. Des lecteurs patientaient devant sa table. Il leur tendait leur exemplaire comme s'il leur remettait une médaille. «*Best wishes*» était la formule qui revenait le plus souvent sous sa plume. Il en avait un peu assez de parler tout le temps anglais. Il n'avait pas appris assez d'allemand au lycée. Il se souvint que c'étaient les cours qu'il séchait le plus. Et s'il dessinait des croix gammées sur la page de garde ? Il se lèverait d'un coup et claquerait des talons. Ça n'allait pas, non ?

Dans le couloir, des armoires vitrées contenaient les grands crus. Il y avait de la romanée-conti. Les clients étaient obligés de boire la bouteille sur place.

Il dîna seul côté bar. Par la fenêtre, il aperçut un snowboarder égaré dans la nuit tombée. Des haut-parleurs diffusaient *Bridge Over Troubled Water* et la B.O. du *Clan des Siciliens*. Il s'était toujours demandé si

Simon et Garfunkel étaient pédés. Pédé, l'expression dénonçait son âge. Existait-il une biographie des deux chanteurs ?

De retour dans sa chambre, il alla sur Amazon US. Il y avait effectivement une biographie de Simon et Garfunkel. Il proposerait à Pierre de la traduire. Ce petit fumier les avait vus à l'hippodrome d'Auteuil en 1982. C'était avant son mariage. Il ne lui avait jamais dit avec qui il était. Mathieu voyait mal Pierre se rendre tout seul à un concert, a fortiori au bois de Boulogne. Était-ce avec cette blonde qu'il ne lui avait jamais présentée et qui roulait en Fiat 500 décapotable ? Il s'était vanté d'avoir eu des places dans la tribune officielle. Leurs années d'avant Claire, quand les filles avec lesquelles ils couchaient, au lieu de les éloigner, les rapprochaient chaque jour davantage.

Mathieu s'emmerdait solidement. Il n'avait trouvé personne pour l'accompagner à cette corvée. Il ne ferma pas l'œil de la nuit. L'installation électrique était si sophistiquée qu'il ne réussit pas à éteindre les lumières.

Dans son lit, il repensa à toutes ces actrices des années soixante-dix, Teresa Ann Savoy, Olga Karlatos, Laurence de Monaghan, Anicée Alvina. Qu'est-ce qu'elles étaient devenues ? Le sommeil ne venait pas. Il récapitula les écrivains étrangers qu'il avait rencontrés : Paul Bowles à Tanger (à la librairie des Colonnes, il avait acheté les *Poèmes* de Louise de Vilmorin), Philip

Roth dans le Connecticut, Montalban à Barcelone, Anita Brookner à Londres, Orhan Pamuk à Istanbul.

À l'aéroport, il déjeuna d'un hamburger et d'un Coca light. Son téléphone vibra sur la table et le numéro de son attachée de presse apparut sur l'écran. Il ne décrocha pas. Elle laissa un message de son ton pleurnichard. Est-ce qu'il voulait venir parler des prix littéraires sur une radio périphérique ? La barbe. Il avait autre chose à faire.

Contre toute attente, un producteur avait acheté les droits d'un de ses livres paru en 1994. Un acteur fameux était prêt à signer. Il était un peu trop âgé pour le rôle, mais son nom permettrait d'obtenir des financements. Et l'actrice, qui serait l'actrice, hein ? Mathieu, tout émoustillé, parlait déjà de Pauline Sales et de Gabrielle des Arts. Du calme. Il se rappela ce dîner à Cannes où les organisateurs lui avaient promis qu'il serait à table avec Sharon Stone et où il s'était retrouvé à côté de la vedette d'un feuilleton télévisé. Myriam Galles était charmante, au demeurant. Le nez refait, mais charmante. Aux hors-d'œuvre, elle lui dit qu'elle lisait Joyce. Pour le plat de résistance, elle avoua que son rêve était de jouer Marie-Antoinette. Ou Louise Michel, elle hésitait. Au dessert, elle se rendit aux toilettes. On ne la revit jamais. Mathieu n'insista pas pour écrire le scénario. Il ne savait plus bien ce qu'il y avait dans *Panne sèche*. Certains auteurs relisaient leurs œuvres, les corrigeaient quand elles étaient rééditées. Ça n'était pas son genre. Qu'ils se débrouillent, après tout.

Son vol pour Paris fut annoncé porte 23. Il arriverait à temps pour dîner avec cette archéologue espagnole qu'il avait rencontrée dans l'ascenseur de son immeuble.

Cela faisait des siècles que Pierre n'avait pas mangé un Big Mac. Ils avaient toujours le même goût. J'appartiens à une génération lamentable, songea-t-il. Nos madeleines de Proust sortent des fast-foods. Le hamburger s'écrasait sous ses doigts. La sauce débordait de tous les côtés. Comme avant, l'odeur lui resterait sur les mains pendant des heures. On ne pouvait plus commander directement au comptoir. Il fallait utiliser des machines automatiques. Cela lui prit un temps fou. Derrière lui, les clients s'impatientaient. Il appuyait sur les mauvaises touches, était obligé de revenir à l'étape précédente. Non, il ne voulait pas d'un menu géant. Il existait maintenant plusieurs sortes de frites. Et les sauces : elles se comptaient par dizaines. Il tenait le petit pain à l'horizontale et mordait dedans avec voracité. Ses années d'étudiant envahirent soudain son palais. Sa bouche redevint le royaume de l'insouciance et des calories par milliers. Quelle misère ! Des tonnes de souvenirs lui remontaient aux narines. Il ne pourrait jamais expliquer ça à Claire. Elle avait horreur de la nourriture industrielle. Elle lui avait renvoyé à la figure les Mont-Blanc de chez Angelina, les éclairs au café de chez Carette, les goûters du Tea Caddy. Elle n'en pouvait plus des macarons. Il y en avait partout. Le pire des boulangers fabriquait les siens. Les couleurs les plus insensées s'étalaient en devanture. Elle regrettait les bons vieux macarons à l'ancienne, d'un brun pâle tout craquelé, durs comme des biscuits pour chiens. On n'en trouvait plus qu'à Dax ou dans des endroits impossibles de ce genre. Pierre s'essuya les lèvres avec une serviette en papier. Il jeta les restes de son plateau dans la poubelle. Sur les Champs-Élysées, de riches femmes voilées suivaient leur mari moustachu.

Mathieu avait encore ramené une belle idiote. Il était pénible, pour ça. Claire allait se plaindre. La plupart du temps, il savait à peine leur prénom. Celle-ci s'appelait Clotilde. Il y avait bien un roman qui portait plus ou moins ce titre, peut-être de Cecil Saint-Laurent. Son job consistait à sélectionner des mannequins pour les pages mode d'un mensuel féminin. Elle portait un manteau jaune. Soldes d'hiver. Elle avait aussi un béret incliné sur le côté, comme Faye Dunaway dans *Bonnie and Clyde*. Cette tenue était sans doute redevenue tendance.

Elle avait de très longs doigts. « Des orvets », dit Mathieu qui était parfois un vrai goujat. Le matin même, il avait apporté à Pierre le manuscrit d'*Œuvres complètes*. Il était très fier du titre. Il faudrait penser à le déposer, sinon ils allaient se le faire piquer. Ils avaient décidé de fêter ça par ce dîner.

– Alors, tu l'as enfin pondu, ce grand roman de l'inquiétude que tu nous devais ? lui dit Claire en l'accueillant.

Elle avait invité les gens un peu au débotté. Le monde commençait à envahir les pièces. Claire savait organiser les surprises. Il y avait eu quelques heures de panique, car les glaçons n'avaient pas été livrés. Les premiers arrivants étaient là alors que Claire versait des sacs entiers de cubes gelés dans la baignoire. Elle avait mis du rouge à lèvres, ce qui lui arrivait rarement. Pierre était assez content que tous ces gens soient venus. Ils devaient bien aimer Claire. C'était la femme qui s'asseyait à côté de lui en voiture. Elle faisait semblant d'ignorer ce dont le monde était capable. Il aurait voulu avoir un jardin. Il aurait planté des bougeoirs en bambou dans la pelouse, aligné des photophores sur les marches. Il avait décidé de bannir les moments pénibles de son existence. C'est pour ça qu'il se demandait de plus en plus souvent s'ils ne devaient pas vendre.

Dans leur bibliothèque, il y avait tellement de livres que quelqu'un finissait toujours par demander : « Vous avez lu tout ça ? »

Elle s'inquiéta de savoir s'il y avait suffisamment de bière et de whisky.

– Tu sais bien que plus personne ne boit de whisky.

– À part Henri-Michel.

– Oui, Henri-Michel.

L'appartement débordait de fleurs. Depuis la cuisine, Claire entendait le rire de son mari qui dominait tous les autres. Il ne pouvait pas s'empêcher de s'esclaffer à ses propres blagues. Elle mit le riz à égoutter. La recette provenait d'un guide qu'ils avaient édité. Les ventes avaient été inattendues, mais Pierre trouvait un peu vexant de devoir son succès au fondant au chocolat plutôt qu'à un roman qu'il avait découvert.

On se jetait sur les amuse-gueules. Pierre avait mis *Exile on Main Street* en version remastérisée. Il avait déjà eu cet album en vinyle et en CD, avec déjà des morceaux inédits. Mathieu se demanda quel âge pouvait bien avoir Mick Jagger.

– Ah non, pas de spritz !

– Sylvie va tourner un court-métrage.

– Ah bon ? fit celle-ci. Mon mari a honte d'avoir une femme entretenue. Il veut absolument que je fasse quelque chose.

Cette formidable brune de Sylvie. Elle avait des yeux immenses qui reflétaient un étonnement permanent. Assis sur le canapé, Mathieu serrait un coussin écossais contre son ventre. Il avait goûté un gin distillé au cap de Creus.

– C'est presque aussi bon que la vodka de Marc Marronnier.

À table, on servit du saumon froid mayonnaise.

– Vous n'avez pas fait vos célèbres pâtes ? dit un dermatologue qui avait les joues pas mal couperosées.

La focaccia était toute chaude. Le pain venait de chez Poujauran. Pierre avait commandé en Espagne un rioja blanc qui ressemblait à du bourgogne. Après deux verres, il se sentait presque glorieux. Le ton de la conversation était encore léger. Il y avait là un metteur en scène, un professeur du Collège de France, une attachée de presse blonde, un paysagiste italien, un ancien reporter de la chaîne parlementaire. La musique avait cessé. Le latiniste s'écoutait parler. Guérinelli, avec ses phrases obèses, son profil de médaille. Tous ces passés simples. C'était un con grandeur nature. Il avait un catogan. Ses joues pendantes touchaient presque ses épaules. Il aurait dû faire un lifting. Ses livres étaient si assommants que, comme sur les boîtes de médicaments, la quatrième de couverture aurait dû porter l'avertissement : « Provoque des risques de somnolence. » Ses cheveux teints viraient à l'orange. On aurait dit de la barbe à papa. Pierre avait pourtant dit à Claire de ne plus l'inviter. Elle avait un faible pour ces gâteux mondains. La blonde à grosses lunettes s'inquiéta du sort de cet acteur américain qui avait été accusé de harcèlement sexuel sur mineur (au masculin). Les producteurs avaient exigé qu'on retourne entièrement son rôle dans son dernier film. Le réalisateur qui était venu avec sa maîtresse flambant neuve cita une formule de Dino Risi :

– « Si vous êtes pressé, roulez Pirelli, tirez Beretta, masturbez-vous Sandrelli. »

Il aurait été intéressant de vérifier qui, parmi les convives, connaissait l'interprète de *Nous nous sommes tant aimés*.

Clotilde buvait très peu d'alcool et ne touchait pas à la drogue. Elle connaissait toutes les boîtes de nuit. Palace, Bains Douches, Bus Palladium, les noms défilaient sur ses lèvres. Au Keur Samba, elle aimait la musique. Elle était trop jeune pour parler de La Main bleue. Pierre vit qu'elle avait une Rolex au poignet. Elle avait le nez en trompette, des cheveux blonds frisés, des mains un peu masculines. Et ce sourire ! Aïe, ce sourire. Mathieu l'avait choisie. Des yeux très bleus. Elle s'habillait bien. Elle avait une fille de neuf ans.

– Quel âge me donnez-vous ? dit-elle à Pierre.

– Trente et quelque.

– J'en ai quarante-deux.

Elle ne les faisait pas. Le lendemain, il fallait qu'elle aille voir son père dans la Drôme. Elle reprit du pain toasté. Au moins, elle n'était pas allergique au gluten.

Le reporter dit à l'attachée de presse :

– Votre fils vient ?

– Non, en ce moment il est un peu emmerdant.

– Ah, il fait son boulot de fils !

Il se dit qu'elle était sûrement le genre de femme que son fils appelle par son prénom.

Pierre regardait Claire. Il la regardait s'activer de groupe en groupe. Elle avait dit aux voisins de venir, pour éviter des problèmes dans l'immeuble. Le pédiatre du rez-de-chaussée avait soigné les enfants. Il ne quittait pas son nœud papillon. Il devait dormir avec. Il avait ôté son canotier. Quand Claire buvait de l'alcool, les larmes lui montaient aux yeux. Une ancienne actrice de la Comédie-Française qui avait trahi pour le cinéma eut ce mot :

– Les mauvais films abîment la peau.

Céline Grund : adore, adore le champagne rosé. Suit un régime depuis l'âge de douze ans. Étant donné qu'elle en avait aujourd'hui cinquante-six (elle avait été exclue du Who's Who pour avoir menti sur sa date de naissance), Pierre supposait que ses rêves étaient peuplés de choucroutes garnies et de fondants au chocolat. Ses cheveux blonds étaient embrasés par la lampe devant laquelle elle se tenait. Ses jambes croisées formaient une barre oblique qui penchait vers la gauche. Elle bougeait les mains et ses bracelets produisaient un tintement pas désagréable. « Cher, très cher », avait-elle dit en tendant les bras vers lui, mais sans le toucher. Comme si elle avait oublié son prénom.

Au fond, Pierre avait toujours trouvé Céline gentille. Elle avait essuyé les plâtres de la célébrité, avec sa beauté élastique. Elle se mit à rire. Elle disait qu'elle avait eu un enfant par GPS et qu'elle voulait entendre *You Must Believe in Spring* de Bill Evans. Le reporter avait dit quelque chose. Pierre s'approcha pour participer à la bonne humeur de ses invités. Céline projetait d'aller à Londres. Elle prendrait l'avion, car avec l'Eurostar le tunnel sous la Manche l'effrayait. Elle imaginait toute cette eau au-dessus d'elle.

– C'est aussi l'eau dans laquelle votre avion peut s'écraser, vous savez.

– Vous n'avez pas des discussions plus gaies ?

Elle informa l'assemblée qu'elle était plongée dans une biographie de Vanessa Bell. Personne n'osa lui demander qui c'était. Le latiniste la félicita pour son choix.

– Même s'ils sont sincères, dit-elle, les compliments sont lourds.

Elle ajouta que les lettres de sa mère mériteraient d'être publiées. « Pitié », souffla Claire à l'oreille de Pierre.

– À quoi trinque-t-on ?

– À rien.

Le journaliste se pencha vers l'attachée de presse :

– Qu'est-ce qu'il veut faire, votre fils ?

– Président de la République.

– Dictateur, quoi.

– Tous les enfants sont des dictateurs, dit le cinéaste qui avait des jumeaux.

Le sujet inspira Mathieu, car Pierre l'entendit dire à Clotilde :

– Rappelez-moi, cet été, de vous faire un fils.

Elle gloussa.

– Cet après-midi, je suis allée au Panthéon avec ma nièce.

– On peut visiter le Panthéon ?

– Vous n'y êtes jamais allé ?

– J'attendrai d'être mort.

C'était sous un plafond bleu. Les potins rebondissaient.

– Et cette folle de Ludivine ?

– Elle vient de s'acheter un chien. Un dalmatien.

– Ça ne s'arrange pas. Elle veut qu'on l'appelle Cruella ?

– Elle est toujours avec son proctologue mexicain ?

– Plasticien brésilien, rectifia Claire en détachant les syllabes.

L'actrice rappela qu'elle avait eu un labrador aveugle.

– Il se repérait à l'odeur.

Clotilde crut bon d'intervenir :

– Si je créais un parfum, il se baptiserait « Simplicité ».

Mathieu la fixa. Il aurait pu l'aimer. Cette hypothèse s'évanouissait.

– Il y a deux choses qui indiquent qu'une femme va vous quitter : elle prend un chien ou elle reprend la gym.

– La mienne, c'était les deux.

– Et alors ?

– Hélas, elle est restée.

La soirée continua. Qui prononça cette phrase « Ça faisait tellement 11-Septembre ! » ? L'Italien ne trouvait pas un mot en français :

– Tu me peux aider ? dit-il à la traductrice.

Il tira une bouffée de sa cigarette et l'écrasa dans le cendrier.

Pierre racontait des histoires drôles. Claire avait beau les connaître toutes, il réussissait encore à la faire rire. Une fois de plus, une fois encore, il s'était lancé dans celle du paysan et de sa femme abordée dans un champ par un inconnu. Il imitait le bruit du père Fernand avalant sa soupe. De gros *slurp* s'échappaient de sa bouche. Une nouvelle fois, il ajouta des variantes, préparant sa chute : « On ne saura jamais ce qu'il voulait, celui-là », avec l'accent bourguignon. Claire raffolait de cette histoire. Cher Pierre. Il ne changerait donc jamais. Il n'avait pas intérêt à tomber amoureux de l'anesthésiste qui était à côté de lui. Cette fille s'esclaffait beaucoup trop. Elle avait un gros rire d'Allemande. Une sorte de tristesse s'était abattue sur lui à la fin du dîner et Claire n'avait pas compris pourquoi. Il avait versé du café en silence, l'air ailleurs. Mathieu était content. Il se fraya un chemin vers le mescal et embraya sur la fois où ils avaient été invités à New York par l'attaché culturel.

Clotilde se décrochait la mâchoire. Claire fit semblant d'être furieuse parce qu'on lui dit qu'elle avait les yeux marron alors qu'elle était persuadée de les avoir verts. Édouard appela de Barcelone. Claire se bouchait une oreille avec la main.

– Parle plus fort. Il y a du bruit.

Le familier de Cicéron pérorait. La blonde se recoiffait. Pierre remit un disque.

– Au secours, pas Supertramp !

Le maître de maison se rabattit sur Fleetwood Mac.

– J'aime les livres courts, précis comme une toile de Vermeer, dit le cinéaste.

– Vous vous plaisez à Paris ?

– Quelle question ! Tous les étrangers aiment cette ville, dit le paysagiste.

– Pas tant que les provinciaux, dit Claire.

– Dans quel livre y a-t-il cette phrase géniale : « Mercredi toucha à sa fin pour tout le monde et ce fut jeudi » ?

– Vous n'imaginez pas le mal qu'on a à trouver un éditeur ! soupira la fille qui avait un menton en galoche.

– Vous saviez que Woody Allen a toujours pensé à refaire *Interiors* ?

– Drôle d'idée.

– Et vous saviez que Karen Blixen voulait rencontrer Marilyn ? À la fin, elle ne mangeait plus que des huîtres arrosées de champagne.

L'actrice se leva, fit un petit salut. Des protestations s'élevèrent.

– Oh, il est trop tôt.

– Il ne m'est jamais rien arrivé d'intéressant après onze heures du soir.

Les fauteuils avaient été disposés en V autour de la table basse. Les femmes choisirent les canapés. Il y avait des infusions et des orangettes. L'orage éclata. Claire se posta à la fenêtre.

– Il pleut à boire debout, dit-elle.

Elle se dirigea vers la cheminée pour rajouter une bûche dans le feu. Pierre était derrière elle. Elle sentit son regard sur elle. Dans le salon, cela dansa mollement quelques minutes. L'humeur n'y était pas.

– J'ai bu trop de gin, dit Sylvie.

Minuit déjà. La petite troupe se dispersa. Mathieu reprit du vin rouge :

– Pour la route, dit-il en tendant son verre à bout de bras.

Dans la cuisine, après le départ de tout le monde, elle dit à Pierre :

– Tu as des soucis ?

– Non, non, pas du tout.

– Tu peux m'en parler, tu sais.

Elle finissait de remplir le lave-vaisselle.

– Tu te souviens de cette plage, l'an dernier, où nous avions pique-niqué ?

Il fit oui tout doucement. Elle trouva soudain qu'il avait une mine épouvantable. Une seconde après, il s'évanouit.

Le type de SOS Médecins ne s'affola pas. Il lui prit la tension, lui rédigea une ordonnance pour un check-up complet. Le diagnostic était simple : malaise vagal. Ça n'était rien, mais cela risquait de se reproduire.

En se brossant les dents, Pierre, encore un peu groggy, se souvint que le titre exact du Cecil Saint-Laurent était *Prénom Clotilde*.

Claire était censée déjeuner avec un traducteur. Elle avait réservé au Dôme, dans le box qu'elle affectionnait, sur la gauche. Elle arriva en avance pour pouvoir lire les quotidiens. Le maître d'hôtel lui apporta d'office une bouteille de vin blanc.

Il ne tarda pas à revenir avec une assiette de bigorneaux. Claire ne parvenait pas à extirper les bestioles de leur coquille. L'aiguille se cassa.

Elle ferma les yeux en avalant la première gorgée.

– Si vous pouviez le mettre dans un seau...

Elle aimait le vin blanc frappé. Elle était ravie qu'il existe une chose nommée pouilly-fuissé en ce monde. Le restaurant eut soudain quelque chose d'irréel. Elle remplit elle-même le deuxième verre. Des gouttes glacées tombaient sur la nappe. Elle avait renoncé aux bigorneaux. Le maître d'hôtel lui tendit une carte plus grande que la table.

Elle entendit les serveurs discuter derrière elle.

– Je suis resté trois ans baryton plus, disait l'un d'eux.

Elle se retourna pour voir la tête qu'il avait.

Dehors, il y avait une vraie ville, les taxis, les hommes qui couraient à des rendez-vous, toute cette réverbération des rêves. Après, elle irait faire deux-trois courses. Le bureau attendrait. Le traducteur s'excusa. La bouillabaisse le tenta. Il essuyait la sauce de son plat avec du pain.

– Vous savez ce qu'est un baryton plus ?

Pierre prit un café au comptoir du Rouquet. À une table, une étudiante en médecine rêvassait devant un demi. Sa main se déplaçait mécaniquement entre sa bouche et le bol de cacahuètes. Une balayeuse glissa sur le boulevard Saint-Germain, vernissant les trottoirs et la chaussée. En face, la boutique de mode avait fermé. Du blanc d'Espagne masquait les vitrines. À l'intérieur, il y avait eu comme décor toutes ces bibliothèques remplies de Livres de Poche des années soixante. Pierre en aurait bien acheté la plupart, avec leurs illustrations démodées. Il y avait très longtemps, l'endroit avait abrité un restaurant. À l'autre angle, c'était un magasin de prêt-à-porter. Anciennement, il s'agissait d'une pharmacie. Paris ne se ressemblait plus. Il commença à pleuvoir. Un couple courait sur la chaussée en s'abritant sous la veste que l'homme avait enlevée.

– Merde, il neige.

Quand ils sortirent, ils s'aperçurent que tout était blanc. Claire avait peur de glisser sur ses talons. Elle s'agrippa au bras de Pierre. La neige tombait doucement, en continu. Ils dînèrent au bistrot en face de chez eux. Pierre lui a tenu la porte et elle l'a remercié. Le patron embrassait presque tous ses clients. Il avait une drôle de peau, un peu grumeleuse, reste de son adolescence, où ses joues avaient été ravagées par l'acné. Le menu était écrit à la craie sur une ardoise. La carte des vins laissait à désirer. Le propriétaire se perdait dans la description imagée de ses bouteilles. Il comparait un blanc italien hors de prix à l'eau d'un torrent en décembre, lui attribuant un goût de pierre.

– Donnez-nous le gros rouge de la maison ! dit Claire.

Elle choisit une soupe à la carotte. Pierre prit une bavette avec des pommes grenailles. Il demanda s'ils avaient de la Savora. Claire posa sa serviette à droite de son assiette. Par la vitre, elle regardait les gens qui entraient dans leur immeuble, de l'autre côté de la rue.

Ils n'étaient pas d'accord. Elle estimait que Pierre avait tort de céder ses parts. Il reposa son verre. Au lieu de se disputer, ils commandèrent des desserts. C'était le moment où, quand leurs enfants étaient petits, ils appelaient à la maison pour savoir s'ils voulaient une île flottante ou une crème brûlée. Victoire leur disait qu'elle était au régime. Son frère était déjà couché.

– Tu te souviens ? dit Claire à Pierre.

Dehors, la neige avait cessé de tomber.

Ils sortaient encore. Ils sortaient toujours. Il y avait toutes ces invitations à rendre. Le rythme était impossible à suivre. Claire disait à tout le monde de venir dîner et elle oubliait de rappeler. La liste était longue comme ça. Elle ne savait pas faire la cuisine, à part le haricot de mouton. Il y avait aussi les pâtes à la vodka. Brûlures d'estomac garanties. Son risotto n'était pas mal non plus, mais elle en avait assez de rester devant sa casserole pendant dix-huit minutes, seul moyen de réussir ce plat.

Tous ces gens, oui. Il y avait eu des morts, des séparations. Certains, on ne savait même pas ce qu'ils étaient devenus. Ils connaissaient trop de monde. Le temps avait passé, avec ses menues traîtrises, ses petites déceptions. Leur restait-il des amis, de vrais amis ?

Dehors, il faisait un vrai temps d'hiver. Pierre enfonça les mains dans les poches de son manteau. Claire avait des gants. Le taxi arrivait. Cette fois, ils allaient chez un peintre chinois, dans une banlieue perdue. Le repas était donné dans l'entrepôt gigantesque qui lui servait d'atelier. Le frère de l'artiste était aux fourneaux. Il y aurait d'anciens ministres, une critique d'art, des avocats. Il faudrait encore dire des choses gentilles. La même vieille histoire. La leur.

L'orage menaçait. Allongé sur le canapé, Pierre avait regardé la deuxième mi-temps d'un match de football qui opposait la France à la Hongrie. Les tribunes étaient rouges : la foule de Budapest avait revêtu le maillot aux couleurs de son équipe. Les supporters locaux, debout, frappaient dans leurs mains et tendaient les bras vers le ciel. La rencontre s'était soldée par un ex-aequo, 1-1. Depuis quand perdait-il son temps devant un ballon rond ? Longtemps, il n'avait apprécié que le rugby. Ses années passèrent. Il ne s'était aperçu de rien. Première chose : appeler Claire sur son portable. Elle était en Dordogne. Que j'entende sa voix. Ça n'est pas possible comme sa voix me manque. Sa voix, ses mains, sa peau. Claire. Tout ce temps. Il tomba sur la messagerie.

Sur l'étagère, devant une rangée de Pléiades, il y avait une photo d'elle plus jeune, en manteau, à un défilé de mode, assise au premier rang.

– Qui est ce type à côté de vous ?

– Un directeur artistique.

– Deux mensonges en deux mots. Il vous a draguée ?

– Ça ne risquait pas.

Ils étaient sortis ensemble il y a si longtemps. Ils échangèrent des plaisanteries embarrassées, puis le silence leur tomba dessus.

– À l'époque, vous m'aviez dit que je ressemblais à Candice Bergen.

Aucun souvenir. Mathieu n'osa pas lui répondre qu'il n'avait jamais eu une passion pour cette actrice. D'un autre côté, que cette fille ait gardé en mémoire ses paroles après tout ce temps le flattait. Le fait est qu'elle n'avait pas tellement changé. Elle avait toujours ses joues rouges et rondes, son bassin un peu large, ses pieds en éventail d'ancienne danseuse. Elle avait un peu forci. Ces kilos en trop lui allaient bien. Le renflement de son petit ventre avait quelque chose de terriblement émouvant. Elle riait toujours autant. Dans ces cas-là, on voyait ses plombages. Elle parlait et ponctuait ses anecdotes de « Je ne devrais pas vous raconter tout ça ». Elle était encore cette fille charmante et excentrique. Autour d'elle, les femmes se transformaient en créatures accablées de rides et de solitude. Elle avait échappé à l'amertume. Et lui, était-il resté ce garçon candide et chevaleresque qu'il était il y avait presque trente ans ? Non, plus de trente ans. Elle avait vendu des encyclopédies au porte-à-porte. Avant, il n'avait pas remarqué qu'elle se rongeait les ongles. Pourquoi s'étaient-ils à ce point perdus de vue ? Il n'était même pas allé au mariage de son fils. Gros machin en Toscane. Une fiesta à tout casser, avec plusieurs orchestres, champagne français, feu d'artifice. Elle avait quitté Paris durant des années, pour s'occuper de ses parents à Vannes.

– Et les vôtres ?

– Ils sont morts.

– Les deux ?

La liste des questions qu'il aurait voulu leur poser était infinie. Il n'avait pas osé. Maintenant, il était trop tard.

Ils buvaient lentement, en se regardant avec un drôle de sourire. Elle avait toujours ses jambes fines. C'étaient les jambes les plus fines qu'il connaissait. Il ne le lui avait jamais dit. Ils étaient un peu gênés, mais ce malaise avait quelque chose de rassurant.

– Ne vous inquiétez pas : Frédéric est à Nantes.

– Ah.

Est-ce qu'ils ne se tutoyaient pas, dans une vie antérieure ? Ils s'étaient presque bousculés sur le trottoir de la rue Jean-Nicot.

– Mathieu

– Francine.

– Oui, dit-elle.

Elle avait si peu changé qu'il avait failli ne pas la reconnaître. Elle habitait une rue adjacente, à côté d'un marché. Son code était l'année où Voltaire était né. Elle proposa à Mathieu de le composer. Il sécha. Elle appuya sur les touches 1,6, 9 et 4. Ils étaient montés. Il aima bien son petit appartement aux poutres apparentes.

– Votre verre est vide, dit-il.

– Je vous laisse faire le service.

Il se pencha vers elle et remplit son verre. Il lui vola un baiser. Elle renversa un peu de vin.

– Ça ne fait rien, dit-elle.

Elle posa le verre sur le guéridon à droite du canapé. Cela allait dessiner un rond rouge sur le vernis. Au moment de sortir, il la serra tellement fort qu'il eut ses cheveux dans la bouche. Il se rappela qu'elle lui avait dit : « Si tu écris un livre sur moi, je te tue ! » Il ne l'avait pas fait.

Dans le taxi qui les emmenait à ce restaurant qui venait d'ouvrir au Trocadéro, il lui prit la main. Elle ne la retira pas. Ils restèrent sans faire un geste jusqu'à l'arrivée. Ils ne parlaient pas. Trouver quelque chose à dire à deux, c'est comme essayer de vendre un déguisement de mardi gras à un enterrement. Mathieu contempla avec curiosité le silence qui s'était installé entre eux. Les mots gelaient sur ses lèvres.

Ils ne couchèrent pas ensemble ce soir-là. Ils se gardaient cela pour plus tard. Ils étaient au bord du passage clouté, attendant que le feu soit au rouge, quand elle repoussa l'étreinte de Mathieu. Son geste parut la surprendre elle-même.

– Je ne sais pas pourquoi, dit-elle pour s'excuser.

Francine crispait la bouche. On aurait dit qu'elle avait mal aux dents. Elle pleurait. C'étaient des larmes d'adulte. Il voulut dire quelque chose, mais la phrase ne vint pas. Il lui caressa la joue, puis lui passa une main dans les cheveux. Ils sentaient la chlorophylle. Il la raccompagna jusqu'à sa porte.

– J'ai été heureuse de cette soirée.

Il lui attrapa la main et la porta à ses lèvres, comme s'il respirait un bouquet de fleurs. Mathieu se dit que sa vie repartait. Il avait eu l'impression que rien ne marchait. Il eut la certitude que Francine était soudain faite pour lui. Il avait suffi d'attendre. Ils avaient perdu toutes ces années. D'accord, elle était mariée. Cela ne constituait pas un obstacle.

Ça, il leur en avait fait voir. Quand Édouard était étudiant, Pierre lui avait demandé de lire des manuscrits. Il s'était fait recevoir. Ça n'allait pas, la tête ? Édouard n'ouvrait jamais un livre. Il s'était arrêté à *Harry Potter*. Au bout de deux ans, il avait abandonné Assas pour s'engager dans son ONG à Barcelone. La réaction de son père avait été claire : « Du moment que tu ne ramènes pas tes migrants à Cadaqués... »

Parfois, son père faisait un peu honte à Édouard.

Sa sœur était plus littéraire. Enfin, il fallait le dire vite. Elle avait buté sur *Le Seigneur des anneaux* – Pierre la comprenait – et se limitait désormais aux polars nordiques. À un moment, elle se noyait dans John Grisham. Cela n'arrêtait pas. Dans le fond, Pierre ne détestait pas l'idée que ses enfants aient choisi des métiers aussi éloignés du sien. Claire n'avait pas d'opinion là-dessus.

La rue de Rennes était encombrée. Au sous-sol du Monoprix, Mathieu acheta un cahier grand format et un stylo-bille quatre couleurs, s'étonnant que l'objet existe encore. Avec ça, il allait pouvoir s'attaquer à un chef-d'œuvre. Mathieu disait toujours que s'il avait la première et la dernière phrase, le livre était écrit. Il suffisait de remplir les blancs.

Le déroulé de la journée s'étala devant lui comme un ruban. L'après-midi, il retournerait à son roman. Le titre était provisoire. Peut-être qu'il aurait dû le déposer. Il taillerait des crayons, taperait certains passages à l'ordinateur, consulterait de vieux carnets où il avait noté des choses. Souvent, il n'arrivait pas à relire son écriture. C'est pour ça qu'il n'avait jamais pu embaucher de dactylo. Il frappait le clavier avec deux doigts, en revenant sans cesse en arrière. Il avait vaguement honte d'être écrivain.

Au café où il prenait son petit déjeuner tous les matins, il était sûr que personne n'avait lu un de ses romans. Les serveurs l'appelaient par son prénom. Au comptoir, devant un cappuccino, il feuilletait les quotidiens, fixés sur leurs longues baguettes de bois. Il regarda dans *Le Figaro* si Dandieu avait signé un article. Mais non, rien. Dandieu ne se fatiguait pas, ces temps-ci. En revanche, dans *L'Express*, Bordas avait encore encensé un académicien. « Touzet vient de fêter ses quatre-vingt-cinq printemps. » Quatre-vingt-cinq printemps ! Bordas avait le chic pour utiliser des expressions de ce genre. Il n'était pas rare de trouver sous sa plume des « diantre », des « mazette », des « d'aucuns », des « ce diable d'homme ». Je vous jure, songea Mathieu. Lui, il y avait des choses qu'il n'écrirait jamais. Par exemple, on ne tomberait pas dans ses livres sur des phrases comme « Le ciel était d'un bleu céruléen ».

Lui qui ne relisait jamais ses romans avait toujours un peu peur d'avoir déjà utilisé ces mots quelque part. Pourtant, il serait le seul à s'en apercevoir. Ça n'était pas ennuyeux d'écrire, mais il y avait tellement d'autres choses à faire.

Il ne restait plus de croissants.

– Alors, des tartines beurrées, dit Mathieu. Et un jus d'orange.

Il tourna le sucre dans son café et se demanda pourquoi les gens tapotaient toujours leur cuillère contre le rebord de la tasse avant de la reposer dans la soucoupe.

C'étaient des gestes de cinéma. Dans le fond, il préférait les Nespresso qu'il se préparait chez lui.

Derrière le zinc, le patron inscrivait la liste des plats du jour sur une ardoise. Ils faisaient les meilleurs œufs-mayonnaise de Paris. Pour les occasions spéciales, il y avait du bœuf Wellington ou un koulibiac de saumon. Il était conseillé de commander. Il aimait la collection de bouteilles qui trônait derrière le bar. Elles se reflétaient dans le miroir. La serveuse étalait les nappes sur les tables. Au mur était fixé un tableau représentant le personnel au complet signé par une artiste japonaise.

Mathieu salua la compagnie. Son taxi était arrivé. Il l'emmènerait à France Inter. À la radio, Mathieu avait la manie de résumer les intrigues des films de travers. Il mélangeait les noms des acteurs.

Merde, il avait oublié cette signature. La librairie était perdue au fond du XVIIe. Il y avait un mauvais XVIIe, celui entre la place Pereire et la porte de Champerret. Dans la vitrine ne s'alignaient que des livres d'auteurs qu'il n'aimait pas. Passève était illisible. Grédille était illisible. Corneras était illisible. Qu'est-ce qu'il foutait là ? Il avait dédicacé trois exemplaires en une heure. La libraire lui proposa du thé. Il accepta alors qu'il aurait préféré un whisky. C'est ça, il en avait tellement marre qu'il se serait volontiers enfilé un Glenfiddich. Cul sec. Puis un autre. Bam. Le thé fumait dans la tasse. La dame essayait de maintenir la conversation. Il n'osa pas lire le journal qu'il avait apporté. Dehors, le jour baissait.

Paris, il fallait le dire vite. Cette ville se tournait le dos. C'était bientôt Noël. La météo avait annoncé de la neige. Il ne faisait pas assez froid. Il avait plu tout le dimanche, une pluie fine qui glaçait jusqu'aux os. La veille, c'était la même chose. Sur les trottoirs, les passants trimbalaient des paquets multicolores. Des guirlandes lumineuses pendaient d'une façade à l'autre. Des gens se dirigeaient vers la gare Montparnasse, traînant leur valise à roulettes, emmitouflés dans des doudounes, le bas du visage enfoui dans des écharpes. Pierre vint à bout des protestations de Claire et lui offrit un caban écossais qu'elle porterait à peine une fois, à ce vernissage où ils se disputèrent, faubourg Saint-Honoré.

Quelle plaie ! Où iraient-ils réveillonner ? Ils décidèrent de rester chez eux et de dîner en tête à tête. À minuit, ils étaient déjà couchés. La nouvelle année commença sans eux.

Quelle idée, enfin, d'aller au théâtre. Mais Pierre était seul à Paris. Claire était à nouveau partie pour la Dordogne, chez sa mère dont l'Alzheimer ne s'arrangeait pas. Elle avait loué une voiture et foncé sur la nationale 20 interrompue par des dizaines de petites agglomérations inutiles. Là-bas, il y avait des problèmes d'aides à domicile. Le déambulateur ne suffisait plus. Il faudrait installer un ascenseur dans la maison.

L'appartement, après le départ de Claire, avait l'air toujours vide. Elle avait téléphoné à Pierre pour lui dire qu'elle avait réservé une place à son nom. Il prit son manteau et son courage à deux mains.

Des retardataires gagnaient leurs fauteuils en s'excusant. La pièce était anglaise. Le rôle du vieux lord était tenu par un Noir. Le metteur en scène trouvait cela audacieux. Cette originalité datait. C'était bien sa veine : Pierre était assis à côté de la fille de l'actrice principale. Il aurait du mal à aller la féliciter dans sa loge. Devant lui, un critique en veste de velours dormait. Quelqu'un toussait. Ce fut bientôt la fin. Il y eut des applaudissements. Les premiers rangs se mirent debout. Le rideau se baissait, se relevait. La troupe saluait. Ils se tenaient par la main. Les spectateurs se pressaient dans les allées. Ils voulaient être les premiers aux toilettes. Pierre irait pisser au café d'en face.

Pourquoi être sorti ? Il aurait mieux fait de ne pas bouger. Il aurait enfilé sa robe de chambre bleu foncé, cadeau de Claire, débouché une bouteille de Viña Tondonia et lu dans le gros fauteuil de cuir. C'était vraiment dommage que Claire ne soit pas là. Ils seraient restés chez eux et elle leur aurait préparé des œufs sur le plat, debout devant la cuisinière, comme quand ils rentraient de boîte à l'aube, jadis. Est-ce qu'elle regrettait cette époque d'avant les enfants ? Bien sûr qu'elle avait parfois la nostalgie de leur insouciance, de cette liberté. Mais Édouard et Victoire lui apportaient tellement de satisfactions. Pour rien au monde elle n'aurait renoncé à cet esclavage. Il revoyait Claire lorsqu'elle était enceinte et que toute sa chair était nouvelle. Une ligne brune lui descendait du nombril. Son ventre était rempli d'avenir. Ils se retrouvaient avec un sentiment d'impatience. La présence de leurs deux enfants n'avait pas réussi à les éloigner. Victoire avait été un bébé adorable. Claire pouvait l'emmener au restaurant dans son couffin. On ne l'entendait pas. Édouard avait été plus compliqué. Il pleurait beaucoup, surtout la nuit. Entre sa naissance et ses deux ans, il s'était réveillé entre une et douze fois par nuit. Claire n'entendait rien. Pierre allait voir dans la chambre. Édouard trépignait dans son petit lit. Des larmes coulaient sur ses joues rouges. Édouard était le champion olympique des sanglots. Qu'est-ce qu'il avait ? Pierre s'allongeait à côté de lui, lui tenait la main. Il n'était pas rare qu'il s'endorme avant son fils. Quand il rouvrait un œil, il osait à peine bouger, de peur de déclencher de nouveaux pleurs. Et puis du jour au lendemain, Édouard avait dormi d'une traite. Pierre avait un peu oublié ces longues heures blanches.

Toutes ces maladies. Toutes ces petites blessures, ces dents cassées.

Et puis quoi encore ? Pierre ne décolérait pas. C'est tout juste s'il n'avait pas foutu Witt à la porte de son bureau. Il exigeait 15 % de droits dès le premier exemplaire vendu. Il voulait qu'on lui donne ses chiffres réels ? Comme Witt appartenait à un jury, le comptable ne lui disait jamais la vérité sur ses tirages. Il lui fallait des poches, des traductions. Le cinéma ne s'intéressait pas assez à lui. La faute à qui ? Pierre se démenait. Avec Witt, on marchait sur des œufs. Il avait épousé une héritière. Cela avait mis le temps : c'étaient ses troisièmes noces. Pas mauvais écrivain, avec ça. Peut-être un peu trop français. Il suffirait de lui envoyer un chèque pour le calmer.

– Un jeune homme voudrait vous voir, dit Bénédicte.

– Celui qui est dehors ?

Dans le hall, un étudiant patientait sur une chaise, un cartable sur les genoux. Pierre lui adressa un bonjour de la tête. Il le reçut. Le garçon avait déniché une correspondance inédite de Stanislas Beren. Pierre s'empara avec avidité de la liasse d'enveloppes. Il promit à son visiteur de le rappeler très vite. Pierre avait déjà oublié Witt.

– Vous avez Jusseau, aussi.

– Ah, merde !

– Il vient à dix-huit heures.

Décidément. Enfoiré, pensa-t-il. Ce Charles Jusseau était un sale type. Mathieu prétendait que c'était une vraie merde. Jusseau siégeait lui aussi dans des tas de jurys. Il avait promis sa voix à beaucoup trop de monde. Au premier tour, les choses étaient simples : on avait le droit de voter pour tous les livres qu'on voulait et le scrutin s'effectuait à main levée. Ensuite, c'était plus coton : un seul titre et à bulletins secrets. Les résultats n'étaient plus du tout les mêmes. Il avait signé des contrats chez tous les éditeurs de Paris, dont il n'avait pas honoré la moitié.

Pierre était sûr qu'il allait lui proposer quelque chose, en lui promettant sa voix pour telle ou telle récompense. Cela ne traîna pas. Au bout de cinq minutes, la vraie merde demanda à Pierre s'il ne serait pas intéressé par un recueil de ses articles sur la cuisine.

Voici ce qui arriva. Quand son mariage battit vraiment de l'aile, Francine dut quitter la rue Jean-Nicot. C'était un appartement où elle avait été heureuse, puis un peu moins, enfin plus du tout. Elle habita chez des amis d'amis, passa des week-ends dans des hôtels que personne ne connaissait. Paris était cette ville hostile, étrangère, une ville où elle se sentait moins que rien. Elle répondait rarement au téléphone, dînait seule au restaurant, pensait quelquefois à Mathieu. Le divorce lui apparut comme une punition et comme un soulagement. Deux mois plus tard, elle rappela Mathieu. Ce geste le rendit fou de joie. Il allait revoir Francine. Cela lui fit tout drôle de s'installer avec elle. Il n'avait jamais vécu avec personne.

– Il y a du nouveau ?
– Plein !

Claire tourna la clé dans la serrure. Il n'y avait aucun bruit dans l'appartement. Elle déposa ses sacs dans l'entrée et se dirigea prudemment vers la chambre. Pierre, en peignoir, s'était endormi sur le lit. Il était couché sur le ventre, les bras repliés sous l'oreiller. Ses mocassins étaient renversés sur la moquette, comme deux barques échouées. Pierre chaussait à peine du 41, ce qui amusait beaucoup les enfants. Leur fille, cette Victoire qui avait été si petite, atteignait un solide 42. Le garçon, on n'en parlait même pas. Très tôt, il lui avait été impossible de porter en cachette les chaussures de son père. Une paire de Lobb avait mystérieusement disparu. Édouard avait toujours juré qu'il n'y était pour rien. Cette histoire revenait souvent dans les conversations, quand la famille se retrouvait. À un moment, l'un d'eux finissait par aborder le sujet : « Et les Lobb de Papa, quelqu'un sait ce qu'elles sont devenues ? »

Pierre bougea dans son sommeil. Sa barbe avait poussé. Il n'avait pas dû se raser le matin. Claire eut du mal à résister à l'envie de lui caresser la joue. Même inconscient, elle le trouvait séduisant. Elle referma doucement la porte.

Il se réveilla de mauvaise humeur, en début de soirée. Il éprouvait une fatigue qui semblait remonter à la plus haute antiquité, une fatigue qui n'était pas de son âge. Il aurait encore préféré avoir la gueule de bois. D'où venait cette soudaine envie de tout envoyer balader ? Claire lui conseilla de réfléchir. La situation n'était pas si catastrophique. Elle pouvait vendre un tableau de sa tante. Il ne voulait pas en entendre parler. Il suffisait de réduire un peu la voilure. Ils arrêteraient d'accepter tous ces dîners, choisiraient des hôtels meilleur marché pour leurs week-ends en été. Pierre prit la décision de ne plus s'acheter de vêtements jusqu'à la fin de ses jours. À part des chaussettes : les chaussettes se trouaient tout le temps. Sinon, il était paré. Ils cesseraient de commander des grands crus chez les négociants. Une gestion raisonnable de la machine ne serait pas un exploit si immense. Ils publieraient moins de titres. Il se frotta le visage. Il alla dans la salle de bains et trouva une aspirine dans l'armoire de toilette. Il se regarda dans la glace. Entre les pans du peignoir, ses couilles pendaient, assez pessimistes. Il retourna dans le salon. Il alla à la fenêtre, contempla les voitures en contrebas et rêva de soleil, d'Italie, d'eau salée.

– Tu veux dîner où ? dit-il à Claire.

Ces deux jours à Barcelone tombaient à pic. Paris était froid et humide. À Orly, Claire cherchait les clés du cadenas qui fermait sa valise. Elle emportait trop de choses. Ses bagages pesaient des tonnes. L'employé d'Air France exigea qu'elle règle un supplément.

Leur hôtel était proche des ramblas. Le sous-sol abritait une piscine. Un cercle de citrouilles était suspendu au-dessus du bassin. Leur auteur danois s'était installé en Catalogne dix ans auparavant. Ses romans policiers s'arrachaient dans le monde entier. Björn venait de mettre le point final au dernier. Ils espéraient signer avec lui. Le restaurant où il voulait aller était complet. La serveuse leur indiqua une autre adresse, deux rues plus loin. Björn les rejoignit là-bas. Il en avait assez des tapas. Ils avaient déjà commandé du vin blanc. L'auteur buvait de l'eau. C'était sans doute pour ça qu'à son âge il gardait cette silhouette longiligne. Dans ses livres, il vérifiait les moindres détails. Une fois, il lui était arrivé de situer une intrigue dans un pays où il n'avait jamais mis les pieds. À un moment, le héros jetait une valise remplie de billets par la fenêtre d'un train. Des lecteurs lui signalèrent que sur cette ligne, les vitres des compartiments ne se baissaient pas. L'erreur lui avait valu de recevoir des centaines de mails. Depuis, il faisait attention à tout.

– Vous saviez qu'aux Philippines, les antennes paraboliques sont au sol ?

Il joua les guides. Le soleil se cachait lâchement derrière les nuages. Sur la plage, il leur montra le panneau d'affichage où figurait le nombre de migrants noyés depuis le début de l'année. Il y en avait plus de mille. Il faudrait qu'ils racontent ça à leur fils. Cette semaine-là, Édouard était en mission à Malte. Un vent terrible soufflait sur la mer. Les vagues se croyaient en Bretagne. Des parapluies retournés jonchaient les trottoirs. Des vendeurs à la sauvette en tendaient aux passants qui portaient des capuches ou des bonnets. Björn leur dit de se méfier. Barcelone était une ville dangereuse. Des gangs agressaient les touristes. Un Noir en slip se rinçait sous la douche publique, en plein air. Il courut sur la chaussée, avant de disparaître au tournant de la rue. Sur un mur, l'inscription « Macron démission » avait été peinturlurée. Le président français était détesté, donc célèbre, à l'étranger. Il existait peut-être des Gilets jaunes catalans. Björn les abandonna parce qu'il avait ses chiens à promener. Il en avait trois : Ziggy, Macaroni, Pikachu.

À la Fnac, Pierre acheta un pamphlet contre le cinéma moderne, *Me cago en Godard !* Il verrait si cela valait la peine de le traduire. Ils rapportèrent des conserves de thon à l'huile. Claire adorait ça. Elle parlait d'acheter un appartement ici.

Encore un dimanche. Claire fit un effort pour s'intéresser à ce qui se passait sur l'écran. Le film était nul. C'était une de ses expressions. Avec elle, Resnais était nul. Yourcenar était nulle. Quels nuls, ces Beatles ! Elle ne détestait pas aller seule au cinéma, à la première séance de l'après-midi, quand les autres n'avaient pas fini de déjeuner. Jadis, elle ne ratait pas celle du dimanche matin. La salle était vraiment vide. C'était un peu déprimant. Elle rentrait cité Vaneau et préparait des croque-monsieur pour tout le monde. L'appartement était immense, en forme de U. La cuisine était tout au bout du couloir. Pierre était passé au marché de la rue Cler. Il avait rapporté des fromages et du lait cru, *Le Journal du dimanche* qu'il avait déjà lu en terrasse, du pâté en croûte, du pain frais, des gâteaux à la rose. Il n'y avait plus de fontainebleau. Pierre lui demandait si le film lui avait plu. Elle hochait la tête.

– Tu ne m'offres pas un verre ?

C'était un dimanche comme les autres, un hiver dans Paris.

Mathieu venait souvent déjeuner avec eux. Il ôtait son duffle-coat et le déposait sur le dossier d'une chaise. Il avait un défaut : il ne répondait jamais vraiment quand on l'invitait, attendant le dernier moment pour être sûr qu'il n'avait pas une meilleure opportunité. Claire ne supportait pas cette manie. Bien élevée, elle ne montrait jamais son irritation. C'était une fille qui savait faire bonne figure. Pierre avait rêvé d'elle la nuit précédente : elle avait été enlevée par des rebelles africains. Les journaux du week-end s'entassaient sur la table.

– Ça va, les gars ? dit Mathieu de sa plus belle voix de dessin animé.

– Tu veux un coup de blanc ?

– Je t'en supplie.

Il apportait une bouteille de collioure, un vin qu'il avait découvert en lisant Jim Harrison.

– C'est aussi grâce à lui que je bois du bandol. Du Tempier, exclusivement.

– Si c'est tout ce que tu as appris dans les livres…

– Non, autre chose : tu savais qu'un pigeon pouvait baiser quarante fois par jour ?

– Ah non. Je ne suis pas ornithologue.

– Ça fait rêver, hein ?

– Ça doit surtout être fatigant, dit Claire en relevant ses lunettes sur son front.

Le téléphone de Mathieu sonna. Il ne répondit pas.

– Qui est-ce ?

– Vous ne la connaissez pas.

– Comment se fait-il que tu aies toujours aimé des emmerdeuses ? dit Claire.

– Ou des salopes, ajouta Pierre.

– Le cumul n'est pas interdit.

Pierre levait son verre. Mathieu et lui avaient souvent des discussions pour savoir si les femmes partaient pour le sexe ou pour l'argent. Claire les avait entendus un jour. Elle avait haussé les épaules. « Elles partent par ennui. » Elle avait tourné les talons. Pierre et Mathieu s'étaient regardés. Pierre s'était demandé si la pique lui était destinée.

Il se fourra une tranche de mortadelle dans la bouche.

– Tu en es où de ton régime ? dit Mathieu.

– Tu vois.

Pierre souleva le bas de son polo et exhiba un superbe bourrelet. Mathieu produisit un son qui pouvait être admiratif ou catastrophé. Au choix.

Claire était revenue. Mathieu essayait de finir un scénario. Il demanda à Claire si elle connaissait un producteur. Elle s'excusa, puis ouvrit *Le JDD*. Les résultats du prix du Livre Inter tomberaient à vingt heures. Le nom du lauréat serait gardé secret jusqu'au lendemain matin. Évidemment, Mathieu le rata. Une indiscrétion du jury leur apprit la mauvaise nouvelle. Ils fêtèrent cet échec au Select, seul endroit potable un dimanche soir.

– Sinon, je pourrais me lancer dans un éloge de la chasteté, dit Mathieu devant son assiette de saumon fumé.

– Éloge de la chasteté ? Un vieux baiseur comme toi ?

– J'ai la première phrase : « Je déteste le geste qu'ont les femmes pour enlever leur culotte. »

– Avec ça, tu es sûr de faire un best-seller.

– Et si je retombais amoureux ?

Claire éclata de rire.

– De qui ?

– Oh ça, je m'en fous !

Victoire emménagea place des Vosges. C'était fini avec William. Ses parents ne s'affolèrent pas. Elle trouverait quelqu'un d'autre. Elle trouverait mieux. Victoire avait vendu ses stock-options aux Anglais. Avec un associé, elle avait créé une société de production. Leur premier projet serait un biopic de Nancy Cunard. Il faudrait chercher un acteur pour tenir le rôle d'Aragon.

Cette journée ! Claire s'était fait couler un bain, y avait versé le contenu des divers flacons qui montaient la garde à côté du lavabo. La mousse dépassa bientôt le rebord de la baignoire. Elle ferma les yeux, s'enfonça dans cette éruption de blancheur. Elle essaya de se détendre. Ça n'avait pas arrêté. Il y avait eu la réunion de représentants. Puis ce fut le déjeuner avec la responsable d'un magazine féminin avant de se rendre à France Culture où elle était invitée à parler de l'influence du numérique. Ouf. Elle pensa aux enfants qui avaient grandi si vite, aux vacances qu'ils passaient chez leur grand-mère. Ils revenaient de Bergerac avec les joues rouges et les genoux écorchés. Ils avaient cherché des truffes sur le causse avec le cochon. Les bulles de mousse éclataient une par une. Claire se laissa glisser sous l'eau en retenant sa respiration. Elle ressortit la tête avec la lenteur de Martin Sheen dans *Apocalypse Now*. Elle tournait le robinet d'eau chaude avec les orteils. Cela exigeait une grande concentration. Claire se souvint que Pierre avait eu son rendez-vous avec le CNL. Elle aurait dû mettre ses cheveux dans un bonnet. Sa peau était toute fripée. Sur le rebord de la baignoire, son téléphone sonna. Elle attrapa l'appareil en faisant attention à ne pas le lâcher. Ça serait trop bête de mourir électrocutée comme ça. C'était Pierre, justement. Il serait en retard. Le mieux, c'était de se rejoindre directement là-bas. Le son de sa voix la remplissait d'exaltation, cet accent sardonique dont elle savait qu'il masquait une profonde tendresse. Elle lui demanda si elle lui manquait.

– À mort ! répondit-il.

Elle enfila une petite robe imprimée qu'elle avait achetée au cours d'un week-end dans une boutique de Palerme. En se baignant, Pierre avait marché sur des oursins. Il ne fallait plus lui parler de la Sicile. « *Le Guépard*, mes fesses ! » disait-il. Ça n'était pas trop habillé. Cela suffirait pour dîner chez les Taubelman. Rue de la Bienfaisance, la nourriture était toujours quelconque. La maîtresse de maison avait la manie de presser du citron sur tous les plats, même sur la viande. Il y aurait Mario del Tatto. Il ne lui déplaisait pas. Une bouffée d'amoralité lui monta au visage. Naturellement, Pierre ne pouvait pas le piffer. Claire aimait bien le mot « piffer ». Plus personne ne l'employait.

Rue du Bac, l'air était doux. Le crépuscule arrivait sur la pointe des pieds. La station était en vue. Elle dit au chauffeur de la déposer à l'angle de la rue de Miromesnil, pas loin de cette boutique de bijoux d'occasion. Elle regarda la voiture s'éloigner et vérifia le code sur son portable. L'ascenseur monta lentement. Sur le palier, la porte s'ouvrit avant qu'elle ait besoin de sonner. Taubelman souriait.

– C'est moi, dit-elle.

New York maintenant. Pierre avait eu une idée. Dans l'avion, il avait dormi après avoir regardé le début d'un film qu'il avait déjà vu. L'hôtesse lui avait servi un bordeaux qui était bouchonné. Elle lui dit que personne ne s'était plaint, à part lui. Il eut droit à une bouteille intacte. Ce vol n'en finissait pas. Il aurait bien allumé une Dunhill. Il avait recommencé à fumer. Il mâchait du chewing-gum antinicotine. Encore un truc qui ne donnerait rien. Il n'allait pas se fourrer dans le bec une de ces cigarettes électroniques qui ressemblaient à des thermomètres géants. À JFK, l'attente était interminable. America, America. Il était interdit d'utiliser son téléphone dans l'aéroport. Pierre avait réservé une chambre dans cet hôtel de la 44e Rue où il était descendu avec Claire, un automne, avant leur mariage. Il aurait préféré qu'elle soit avec lui. Il se sentait tellement seul qu'il faillit demander au concierge de lui prendre une place de théâtre.

Il avait rendez-vous avec Tim Douglas, l'agent le plus redoutable des États-Unis. Les bureaux étaient dans l'immeuble à côté du Carnegie Hall. Le Russian Tea Room avait fermé. C'était un jeudi matin d'hiver argenté et lumineux, près de Central Park. Les marchands de hot-dogs étaient en grève parce que le maire voulait leur interdire certains carrefours, trop embouteillés. Sur le flanc des bus s'affichaient des publicités pour la nouvelle série de HBO. Au théâtre, on jouait une pièce de Gore Vidal, *The Best Men*, avec Jodie Foster. Les kiosques à journaux ne vendaient plus que des tabloïds et des sodas. Pour acheter la presse, il fallait se rendre à Grand Central. Pierre n'avait pas le temps.

Douglas était ponctuel. Ils se connaissaient, s'étaient rencontrés plusieurs fois à Francfort. L'agent représentait William Rush dont le nouveau roman était prévu pour juin prochain. Les droits s'arrachaient dans le monde entier. À Paris, Hachette était sur les rangs. Douglas lui proposa un Perrier. So French. Aux murs étaient encadrés des portraits des divers auteurs qui étaient ses clients. Il y avait même des morts. Douglas pillait les cimetières. Ça n'était pas pour rien qu'on le surnommait « le Vautour », avec son crâne lisse, ses grosses lunettes à la Woody Allen et son costume rayé de Bostonien.

– Vous connaissez la différence entre les écrivains morts et les écrivains vivants ? Les morts téléphonent trois fois plus !

Douglas lui tendit le contrat et un Montblanc. Pierre parapha en bas de chaque page et apposa sa signature sur la dernière, le tout en trois exemplaires. Les Épées seraient l'éditeur français de *Manhattan Destroy*. Le financier allait se retrouver avec une des acquisitions les plus chères de l'année. Pierre savait ce qu'il faisait. Il n'en avait même pas parlé à Claire. Il réfléchissait à la vitesse d'un homme qui se noie. Toutes les possibilités se bousculaient dans sa tête.

Danzias serait obligé d'avaler la pilule. Cela coûterait une fortune, mais ils n'oseraient pas l'attaquer en justice. Ça ne serait pas une façon de débuter dans l'édition.

Il déjeuna d'un sandwich au pastrami dans le deli de la Sixième Avenue. Une sorte de bonheur le submergea.

– Salute ! dit le serveur en remplissant son verre de sauvignon blanc.

Il lui demanda s'il suivait les matchs de football. Des familles fêtaient leurs retrouvailles. Des dialectes étrangers résonnaient sous les plafonds.

À une table, là-bas, une femme blonde en manteau de fourrure imitait le vol d'un oiseau avec ses bras. On aurait dit qu'ils étaient en caoutchouc. Elle n'avait pas la tête de quelqu'un capable de se comporter ainsi. On ne voyait qu'elle dans le restaurant. C'était une de ces blondes internationales, interchangeables. Le sandwich était à douze étages. Il en laissa la moitié. La première fois qu'il était venu à New York, il avait cru que le pastrami était une spécialité italienne.

Il perdit ses lunettes dans le taxi qui l'emmenait à l'aéroport. Sur place, Pierre glissa dans la boîte une carte postale pour Claire. Elle était ainsi rédigée : « Si tu étais là, nous jouerions aux échecs en buvant du vin chaud. »

– C'est risqué, mais bravo, lui dit Claire à son retour.

La vente au groupe de Danzias fut conclue le lundi. Pierre était encore dans la brume du décalage horaire. Il avait l'impression que ses gestes étaient accomplis par un étranger.

Par la baie vitrée, tout Paris. Danzias lui serra la main. Il n'avait même pas les paumes moites. Pierre sut qu'il ne remettrait jamais les pieds à La Défense.

Le soir, il emmena Claire chez Taillevent.

– J'ai vendu plein d'argent, dit-il.

Elle refusa de goûter au lièvre à la royale. Il régla avec la carte de la société. Merde aux audits.

Ça n'était pas un caprice. Claire voulait aller en Suisse. Elle s'était occupée de tout. Ses amis, les petits Lambert, viendraient les chercher à la gare de Zurich. Odile et Claire avaient été pensionnaires ensemble. Elles s'écrivaient souvent, se téléphonaient de temps en temps. Bertrand venait de s'acheter une Aston Martin. Il avait fait ça en sortant d'un déjeuner. Il était passé devant un concessionnaire et il était entré. Il n'y avait pas la couleur qui lui plaisait. Il fit repeindre la carrosserie. La voiture était désormais d'un bleu un peu sombre. Pierre se rappela qu'à une époque tout le monde disait que les Aston Martin ne tenaient pas la route. On disait ça de toutes les anglaises.

Il demanda à Claire quel temps il ferait là-bas. Après tout, on était en février. Elle lui conseilla d'emporter une doudoune et de grosses chaussures. Est-ce qu'ils iraient skier ? Apparemment, la chose ne figurait pas au programme. Mais ils logeraient dans un chalet d'altitude qu'on ne pouvait atteindre qu'en téléphérique.

D'abord, déjeuner. Bertrand les emmena au Kronenhalle. C'est la plus ancienne brasserie de la ville. Une halte s'imposa au bar qui avait été décoré par le frère de Giacometti. Il y avait des boiseries aux murs. Des lampes en fer forgé se dressaient sur le comptoir. Les serveurs étaient en veste blanche. Bertrand commanda un Bloody Mary qu'il compara à un gaspacho. Les filles choisirent des gin-tonics. Pierre, qui était mal fichu, se contenta d'un demi. Ils n'avaient pas de pression. Les glaçons ne fondaient pas dans les verres. Ils avaient une machine spéciale, un truc à oxygène. Un couloir menait au restaurant proprement dit. Des nappes fraîchement repassées couvraient les tables. L'endroit était garni de toiles signées Chagall, Bonnard, Miró. Le maître d'hôtel ressemblait à un ex-critique de *L'Obs*. Il remplissait leurs verres sans qu'ils aient à réclamer. Il leur apprit qu'il était d'origine italienne. Son accent était à peine perceptible. Ils avaient déjà fini la bouteille quand on leur apporta les entrées. Les harengs à la crème étaient copieux, noyés dans la blancheur.

Claire avait chaud. Elle enleva son pull. La manœuvre découvrit le bas de son ventre. Son nombril apparut. Elle n'avait pas un gramme de trop. Un vieux bordeaux accompagna les viandes. Claire établissait le top 3 des meilleurs restaurants. La liste variait chaque fois qu'elle visitait un endroit nouveau.

Ils s'arrêtèrent dans un hôtel au bord du lac. Claire se précipita au sauna. Pierre lut dans son bain. Le dîner fut raisonnable. Bière et club-sandwich.

Le lendemain, les affaires sérieuses commençaient. L'Aston Martin gravit des routes en lacets. Sur les côtés, la neige montait jusqu'à un mètre. Un pâle soleil traversait les nuages. Bertrand se débattait avec son GPS. Il venait de subir un triple pontage. Le médecin lui avait conseillé de suivre un régime strict. Mais Bertrand n'écoutait rien. Simplement, il ne fumait plus. Il était dans l'immobilier, l'import-export, on ne savait pas très bien au juste. Odile ne faisait rien, même pas son âge. Sur le siège passager, elle disait « Je veux qu'on sache qui je suis ». Sa tête grouillait de projets. Elle parlait d'ouvrir une galerie à Genève. À d'autres moments, elle voulait écrire des nouvelles. Elle avait déjà le sujet de l'une d'entre elles : une histoire d'amour entre un oursin et un concombre de mer.

– Comme ça, c'est toi qui me publieras !

Pierre multipliait les petits gestes évasifs. Tous ses amis étaient persuadés d'avoir un livre à écrire. Quel roman que leur vie. S'il avait pu leur avouer à quel point tout cela était, comment dire, pathétique !

Le trajet fut plus long que prévu. Là-haut, le temps était radieux. Ils étaient au-delà des nuages. L'air qu'ils respiraient était aveuglant. Ils durent mettre des lunettes noires. La benne pendait au-dessus du vide. Au sommet, le snack allait fermer. Une sonnerie retentit, qui annonçait le dernier téléphérique.

Le dîner s'éternisa. Odile ne cessa de poser à Pierre des questions sur son métier d'éditeur. Le dessert consista en une omelette-surprise. Le blanc d'œuf recouvrait des fruits et de la glace vanillée.

Claire tint à avoir le côté droit du lit. Le temps qu'elle se démaquille et qu'elle se brosse les dents, il était déjà couché. Il y avait un petit moment qu'ils n'avaient pas fait l'amour. Elle sentit que cette fois, cela allait arriver. Elle ne se trompait pas.

En dormant, elle émettait un très léger ronronnement. Ce bruit avait quelque chose d'enfantin. Pierre fit encore un rêve à propos de ses dents. Claire soupira et se tourna sur le côté. Le haut de ses épaules se découpait dans la pénombre. Elle remonta le drap jusqu'à son cou.

– J'ai ronflé ?

– Chuuut…

Pierre la regarda continuer à dormir. Elle était immobile et moite. Il connaissait par cœur son odeur du matin. C'était une femme endormie. C'était la sienne.

Elle était invitée à RTL. La station avait déménagé. Adieu la rue Bayard avec la façade en aluminium de Vasarely. Il fallait maintenant filer jusqu'à Neuilly. Il y avait des portiques de sécurité à l'entrée. En échange de votre carte d'identité, le réceptionniste vous confiait un badge en plastique. L'émission consistait à énumérer les goûts de l'invité en matière artistique. Elle parla des tubes de années quatre-vingt-dix, des films qui avaient été tirés de ses livres. Elle n'arrêtait pas de dire « en fait ». Il faudrait qu'elle corrige ça, à l'avenir. Ça faisait manucure. Elle n'était pas obligée non plus de ramener sans cesse sur le tapis l'autisme de sa fille. Qu'elle ne prononce plus le mot « tolérance », svp. Des publicités interrompaient le cours de l'émission toutes les trois minutes. Elle dédicaça un exemplaire à l'animateur, lui dit « On s'embrasse » et le fit sans lui demander son avis.

Le taxi les avait attendus. Elle avait faim.

– Vous m'emmenez où ? dit Cécile Costa.
– Rue Marbeuf, dit Pierre au chauffeur.
Un déjeuner ne suffirait pas. Elle m'emmerde. Elle veut le Goncourt pour son prochain livre. Il est impossible qu'elle l'ait, mais je ne peux pas le lui dire. Elle serait capable d'aller signer ailleurs.

Rewind :
– Je vais faire une bêtise énorme.
– Laquelle ?
– T'épouser.
Lequel des deux avait dit ça, déjà ?

Un écho dans *Livres Hebdo* lui apprit que Cécile Costa allait désormais s'autoéditer. Ensemble, ils n'avaient jamais signé de contrat. Une poignée de main suffisait. Le communiqué précisait que l'auteur voulait « changer de structure ». Structure, c'est ça. N'importe quoi.

Ce qui nous amène à la dernière partie de tennis qu'ils partagèrent au Luxembourg. Ils s'étaient mis à ce sport pour jouer avec leurs enfants. Ils trouvaient leur progéniture magnifique, dans ces chemises Lacoste. Pierre avait gardé quelques rudiments de sa jeunesse. Il avait pris des cours lorsqu'il était en cinquième. Le professeur renvoyait des balles sur un terrain en quick. Il avait été amoureux d'une petite brune en jupe blanche qui était la cousine d'un camarade de classe. Elle avait un vélo avec un guidon en forme de cornes de mammouth. Claire était bien meilleure que lui. D'où lui venait cette grâce en toute chose ? Elle dansait comme si elle avait fait ça toute sa vie, battait des records en course à pied, conduisait comme un pilote de formule 1. En face d'elle, il se sentait pataud. Il était déjà en nage. Néanmoins, son jeu progressait. Ou peut-être que Claire se laissait battre.

Le court n'avait été réservé que pour une heure. Ils ne terminèrent pas le match. Pierre menait. Il aurait bien voulu réussir un ace. Avant de servir, il faisait rebondir la balle au moins cinq fois. Cela avait le don d'agacer Claire. Les balles perdues explosaient avec un bruit de cymbales sur le grillage derrière lequel patientaient les joueurs suivants.

Elle piquait des rages folles. Elle contestait les points, changeait les règles en pleine partie. Sa raquette valsait. Le court était le seul endroit où ils se disputaient pour de bon. Ils frappaient la balle comme des sourds au lieu de se donner des gifles. Après, ils se réconciliaient et s'achetaient des glaces en cornet.

– Tu es prête ?

– J'arrive ! cria Claire depuis la salle de bains.

Elle s'expliquait avec sa silhouette dans le miroir en pied. Une figurine mexicaine pendait à son cou. Elle était une femme qui avait deux enfants et un mari.

Ils devaient dîner chez Nadine. C'était bien la dernière chose qu'il avait envie de faire. Claire y tenait. Nadine était sa seule amie.

– Qu'est-ce qu'elle aime comme fleurs, Nadine ? dit Pierre à travers la porte.

– Les blanches, à condition qu'elles ne sentent rien.

Ils vieillissaient, dans la nuit ovale de février. Pierre jeta un œil par la fenêtre de la cuisine. L'Anglais qui lisait sur sa terrasse n'était pas là. On ne l'avait pas vu depuis des semaines. Peut-être qu'il avait déménagé. Ils ne sauraient jamais qui c'était. En souvenir, il se versa un verre de chardonnay qu'il but debout dans la cuisine. Cela l'aiderait à damer la piste.

Il éteignit la télévision, regarda par la fenêtre la nuit qui était tombée. Dans le ciel, un croissant de lune se découpait sur un écran noir, chaud comme un souvenir. Un peu partout, les étoiles dessinaient des pointillés. Il revoyait les parties de backgammon, les soirs verticaux, la pénombre des cuisines à trois heures du matin, avec pour seule lumière celle du frigo ouvert. Dans le couloir, un tableau représentait des angelots en train de souffler dans leurs trompettes. Ils devaient jouer une musique militaire leur enjoignant de se dépêcher. Sur son téléphone, un message le prévint que le taxi était en bas. Claire se posta devant lui, écartant les bras, comme pour dire au monde entier : Je suis là. Une fois de plus, il admira sa tenue. C'est ma femme, se dit-il. Cette fille-là est ma femme. Claire, éclatante. Elle avait son gros manteau à chevrons qu'elle appelait son pardessus de l'Occupation. Dans l'ascenseur, elle lui demanda :

– Il y avait quoi, aux informations ?

– Oh rien, un nouveau virus en Chine.

DU MÊME AUTEUR

Aux Éditions Albin Michel

LETTRE OUVERTE À FRANÇOIS TRUFFAUT, 1987.

LES HANCHES DE LAETITIA, prix Roger-Nimier, 1989.

ACTUALITÉS FRANÇAISES, 1992.

COMME HIER, 1993.

LA PETITE FRANÇAISE, prix Interallié, 1997.

CHAMPAGNE !, 1998.

UN BIEN FOU, Grand Prix du roman de l'Académie française, 2001.

QUAND LES BRASSERIES SE RACONTENT, 2006.

PENSION ALIMENTAIRE, 2007.

MUFLE, 2012.

COSTA BRAVA, prix Cazes, 2017.

(TRÈS) CHER CINÉMA FRANÇAIS, prix Renaudot Essai, 2019.

LES ROMANS D'AVANT (*Les Hanches de Laetitia*, *La Petite Française*, *Un bien fou*), 2020.

Chez d'autres éditeurs

PRÉCAUTIONS D'USAGE, La Table Ronde, 1982.

UN TRIOMPHE, Olivier Orban, 1984.

NOS AMIES LES LETTRES, Olivier Orban, 1984.

DES GENS IMPOSSIBLES, prix Kléber-Haedens, La Table Ronde, 1986.

LA SÉANCE DU MERCREDI À 14 HEURES, La Table Ronde, 1998.

PAS TROP PRÈS DE L'ÉCRAN (avec Patrick Besson), Le Rocher, 1993.

MICHEL DÉON, Le Rocher, 1994.

BARBE À PAPA, Belfond, prix des Deux-Magots, 1995.

HISTOIRE DE FRANK, Fayard, prix Georges-Brassens, 2003.

LES INSOUMIS, Fayard, 2009.

DICTIONNAIRE CHIC DU CINÉMA, Écriture, 2013.

L'AMOUR SUR UN PLATEAU (DE CINÉMA), L'Herne, 2014.

DICTIONNAIRE CHIC DE LA LITTÉRATURE ÉTRANGÈRE, Écriture, 2015.

DEUX OU TROIS LEÇONS DE SNOBISME, Écriture, 2016.

LES POLAROÏDS, Le Rocher, 2018.

SUR LE VIF, Le Rocher, 2020.

Éric Neuhoff a reçu le prix Prince-Pierre-de-Monaco pour l'ensemble de son œuvre.

Composition IGS-CP
Impression CPI Bussière en décembre 2021
Éditions Albin Michel
22, rue Huyghens, 75014 Paris
www.albin-michel.fr
ISBN : 978-2-226-43500-2
N° d'édition : 23011/01 – N° d'impression : 2062022
Dépôt légal : janvier 2022
Imprimé en France